書下ろし

時代小説

写し絵

刀剣目利き　神楽坂咲花堂

井川香四郎

祥伝社文庫

目次

第一話　写し絵

一

朝露《あさつゆ》のせいで、石畳がしっとりと濡《ぬ》れている。

神楽坂《かぐらざか》の路地という路地には、京の町屋のように連子窓《れんじまど》が続くが、冬支度のせいか、格子《こうし》の間が麻布で塞《ふさ》がれていた。ふと立ち止まれば、目路にも絹糸のような雨が広がって、ここは江戸かどうかと惑《まど》うほどの静寂《せいじゃく》が沈んでいた。

雨よけの庇《ひさし》をするりと滑《すべ》り出して、白桃色の暖簾《のれん》を掛けた峰吉《みねきち》は、白格子の脇に小さく『咲花堂《さくはなどう》』と書かれた表札の傾きを直して、

「今日もあんじょう稼《かせ》げますように」

と、まるで神棚にでも向かうように手を合わせた。

峰吉は、神楽坂咲花堂の番頭である。京は松原通東洞院《まつばらどおりひがしのとういん》にある本店から、若旦那《わかだんな》の綸太郎《りんたろう》について来たのである。足利《あしかが》の治世より繋《つな》がる由緒《ゆいしょ》ある刀剣目利《めき》きの家系にあらざる無茶無謀《むぼう》をする若旦那ゆえ、目付役として江戸について来ているのだ。

綸太郎は江戸暮らしがすっかり気に入って、毎日、ぶらぶらと楽しんでいるようだが、峰吉にはどうも水が合わない。早いところ嫁でも貰《もら》って、父親の上条雅泉《かみじょうがせん》を継

ぐために京に戻って貰いたいと願っていたが、当分、無理なようである。

——涼しい顔の色男。

と、神楽坂界隈《かいわい》の芸者衆の間では評判で、自分から金を払ってでも綸太郎と座敷で遊びたいと願っているほどなのである。咲花堂の若旦那ゆえ、囲われたいという思いもあるのであろうが、江戸っ子の若い衆とは違った、雅《みやび》だがどこか気骨のある男前が女にはたまらないのであろう。

前夜も、馴染《なじ》みの芸者桃路《ももじ》に哀願《あいがん》されて、袖振《そでふり》坂にある料理茶屋『松嶋屋《まつしま》』に芸者衆慰労《いろう》のために出向き、そのまま泊まり込んでの宴席となっていた。朝帰りどころか、昼帰りかと、峰吉は女房でもないのに、やきもきして待っていた。

「まったく、何を考えて生きておるのや、若旦那は……」

深い溜息《ためいき》の峰吉が、ふいに人の気配を感じて振り返ると、ぼうっと武家が立っていた。きちんとした羽織袴《はおりはかま》の姿で、どこぞの大名の家中の者かと思われるが、蕭々《しょうしょう》と降る雨の中、傘《かさ》もささずに出したばかりの咲花堂の暖簾を睨《にら》みつけている。

「あの……」

峰吉が声をかける前に、武家の方から縋《すが》るような声で、

「神楽坂咲花堂さんでござるな。この壺《つぼ》を探しておるのだ。この店ならば、蔵にある

やもしれぬと聞いてきた。もし、手元にないとしても、必ずや探し出してくれるのではないかともな。どうか頼む。なんとか見つけ出してくれませぬか」

上条家は町人でありながら、大名並の武家待遇を幕府より賜《たまわ》っているが、これほど恐縮されるほどのことでもない。峰吉は心の片隅で、何か曰《いわ》くがあるなと思った。差し出された絵図が、仁清《にんせい》の藤花文茶壺《とうかもんちゃつぼ》であったからだ。

仁清は丹波《たんば》国の桑田《くわた》郡野々村《ののむら》に生まれた不世出の陶工で、粟田口《あわたぐち》や瀬戸《せと》で修行した後、色絵京焼《きょうやき》の大家となった。仁和寺《にんなじ》のそばに窯《かま》を開いて、轆轤《ろくろ》の技には右に出る者がおらず、門弟も多かったと言われている。

鱗《うろこなみ》波文、芥子《けし》文などの優れた名品があるが、そのひとつである藤花文の茶壺を探しているとは、どうも合点《がてん》がいかなかった。美しいものゆえに贋作《がんさく》も多い。本物ならば、持ち主が手放すはずはないからだ。

「お武家様……どうして、この茶壺を探しておいでなのです?」

「それは……」

いかにも真面目そうな武家は、備前香取《びぜんかとり》藩の江戸詰藩士、植村鐵之進《うえむらてつのしん》と名乗ったものの、藩命ゆえ訳は言えぬと言った。

刀剣や書画骨董《こっとう》を探してくれという類《たぐい》の頼まれごとはよくある。だが、いつもろくなことがなかった。此度《こたび》の言い草にも、峰吉も少々、むっとした。かといって、強く言い返せる度胸はない。

「さようですか……しかし、残念ながら、うちにはありません。本店の方や出入りの者を通じて探すことはできますが、いつになるやら約束はできかねます」

やんわりと断ったつもりの峰吉だが、藁《わら》をもつかみたい思いなのであろうか、植村は深々と頭を下げて、

「このとおりだ。一刻を争っておる。当藩の存亡がかかわっておるのだ。どうか、どうか、よろしくお頼み申すッ」

と懸命に訴えてきた。恥も外聞《がいぶん》もなく縋りつく態度に、峰吉の方がうろたえるほどであったが、次の言葉で背筋がピンと伸びた。

「百両出そう。なんとか頼む」

「ひゃ……百両……ですか」

「さよう。どうしても、その壺を手に入れねばならぬのです」

本物の仁清ならば百両どころか、二百、いや三百の値をつけても欲しがる好事家《こうずか》もおろう。しかし、百両が大金であることには間違いない。峰吉はずずっと零《こぼ》れそうになる涎《よだれ》を袖《そで》でぬぐって、

「見つかるかどうかは分かりませぬが、まあ、なんとか気張《きば》ってみまひょ。仁清でも、他のものなら、うちにもふたつみっつありますが……」

「いや。これでなくてはダメなのだ。よしなに頼みますぞ」

植村は何度も拝むように言ってから、連絡先を伝えて、店から立ち去ろうとした。雨がやんでいないので、峰吉は傘を貸そうとしたが、咲花堂に出入りしていると誤解されては困ると断ってきた。

やはり秘密《ひみつ》裏に動いているとみえる。

もう一度、申し訳なさそうに頭を下げて、植村は滑りそうな濡れた石畳を歩いて行った。

昼前になって、綸太郎が帰宅してきた。

酷《ひど》い二日酔いのようだった。いつもなら清雅《せいが》ないでたちなのだが、足下が少しおぼつかない。

「きのうの夕暮れから、今日の昼まで……大層、優雅なことどすなあ」

「たまには、ええやないか」

「若旦那。江戸の者は、わてらみたいに奥ゆかしさがありまへんから、露骨《ろこつ》に悪口言うてまっせ。江戸っ子は朝から晩まで、額《ひたい》に汗して働き、宵越《よいご》しの金は持たねえ……でも、これは痩《や》せ我慢。咲花堂の若旦那は、値打ちがあるのか分からぬものを、右から左へ移してナンボの上がり。優雅な殿様商売で、芸者あげてのドンチャン騒《さわ》ぎ。バカ丸出しだって」

「まあ、言いたい奴には言わせといたらええ。俺たちの商売は、ものの売り買いやない。人生の……人の情けのやりとりや……なあ、おまえも番頭なら、悪口や噂《うわさ》なんぞ気にするな」

「そやかて、若旦那。ほんまに、近頃《こ》、ハメの外し過ぎどっせ」

「さよか？　芸人は女遊びは芸の肥やしというやないか。俺たちかて、美しいものを追究するのやから、目の肥やしにせんとな」

「まだ酔っ払っておるのですか。商売に差し障《さわ》りますから、寝といて下されや」

峰吉は身も蓋《ふた》もない言い方をしたが、心の中では、

――何か別の狙《ねら》いがあるのかもしれへんな。

と思っていた。

綸太郎がただ芸者衆を集めて遊ぶとは考えられない。こういうときには必ず、掘り出し物の〝鉱脈《こうみゃく》〟を見つけて、それがさりげなく芸者の口から洩《も》れるのを待ってい

るのである。

もちろん、掘り出し物とは売り買いするものではない。綸太郎には江戸に来てから探し求めているものがある。それは代々上条家に伝わっていながら、徳川家康《とくがわいえやす》に奪われた三種の神器《じんぎ》のことである。

三種の神器とは、刀、茶器、掛《か》け軸《じく》の三つだが、それらしきものを見つけたかと思っても、違っていたり、闇《やみ》に落ちて行ったりした。

だが、綸太郎はいまもって諦《あきら》めた訳ではなく、手がかりを求めていた。それらが揃《そろ》えば、庶流《しょりゅう》に甘んじてきた刀剣目利きの棟梁《とうりょう》として、本家である本阿弥《ほんあみ》家ときちんと闘《たたか》うことができるのだ。もっとも、そのことは胸に秘めており、父の雅泉にすら伝えていない。

ふと店から上がった所の板間に目をやると、無造作《むぞうさ》に藤花文茶壺の絵が置かれてあった。それを見るなり、

「峰吉、これは？」

と綸太郎は首をひねった。峰吉は朝方に来た武家の話を簡単にしたものの、なぜ探しているかについては分からないから、

「取るに足らぬことでしょう」

と言葉を濁《にご》していた。それでも、綸太郎は何かひっかかったのか、その絵を凝視《ぎょうし》しながら静かに言った。

「ええか、峰吉。仁清の茶碗、壺、香炉《こうろ》などは売れ筋だけに、なんぼでも贋作がある。気をつけとかんと、痛い目に遭《あ》うぞ」

「心配には及びまへん。私かて、それなりの目利きですから」

「ええな。下手《へた》をこいて、またぞろ俺が後始末をせなあかんようなことは、頼むからせんといておくれや」

「へえ。肝《きも》に銘《めい》じときます」

頷《うなず》いて二階に上がる綸太郎の背中を見送って、峰吉は口の中で呟《つぶや》いた。

「まったく……困ったものや。いっつも後始末をしてるのは、このわてでんがな……京の主人にどない気をつけて、文を書いてると思うてるのや……綸太郎様はあんじょうきばってます……嘘をつく私の身にもなってくだされ、はあ」

なんだ、と二階から声が返って来た。聞こえているはずがないのに、峰吉は腰が浮くほど吃驚《びっくり》して、板間から滑り落ちそうになった。

二

その翌日、またぞろ綸太郎が野暮用《やぼよう》で出かけて留守のとき、見るからにみすぼらしい商人らしき男が、咲花堂の店先を何度も行き来していた。

外からは白木の格子が目隠しになっており、暖簾だけではなく、内玄関の扉もあるから中の様子は窺《うかが》いにくいが、峰吉からは丸見えである。男は背中を丸めて、立ち止まったり駆《か》け出したりしていたが、意を決したように入って来た。

「おいでやす。今日も雨で難儀なことどすなあ」

峰吉は丁寧に、はんなりした京訛《なま》りで出迎えた。大した雨ではないが、側溝の水嵩《みずかさ》は増しており、もし溢《あふ》れることがあると坂は急なので歩くのも危うくなる。

「足下に気をつけなさいまし」

と峰吉が気遣いをすると、初老のその商人は少し白い鬢《びん》を震《ふる》わせながら、

「あの……」

と気弱そうな声を出した。

商人風の羽織は少し草臥《くたび》れており、袴も何度も洗ったものなのか、つるつるに磨《す》り

減っていた。贔屓《ひいき》目に見ても、金持ちの風貌《ふうぼう》とは程遠い。両手には骨壺程《ほど》の箱を抱えており、重そうに傍《かたわ》らの縁台に置いた。

「これを鑑定して貰いたいんです」

「鑑定……へえ、それは結構でございますが……」

「我が家の家宝なのでございます。ああ、紹介が遅れました。私は、京橋《きょうばし》で『雉子《きじ》屋』という小さな油問屋を営んでいる、申兵衛《さるべえ》という者でございます」

聞いたことがない店だなと峰吉は思ったが、黙って頷いていた。

「雉子屋の申兵衛さん……まさか、箱の中には子犬でも入っているんじゃありませんやろな。ほんでもって、鬼退治なんぞと……」

「これは面白いご主人だ。何となく私と気が合いそうですな」

「ご主人……」

「はい。咲花堂さんのご主人は大層な目利きと聞いて参りました。見るからに立派な、素晴らしいお方でございますねえ」

峰吉をヨイショしているのは分かるが、なんとなく番頭だと言いそびれて、相手の思い込みにつきあった。間違いだと気づかれたときには謝ればいい。

「申兵衛さんとやら、では、お持ちいただいたものを拝見いたしましょう」

と峰吉が桐《きり》の箱を開けると、そこには端然と茶壺があった。高さは九寸（約二七センチ）程、胴回りも同じくらいであろうか。前日、武家が探してくれと依頼してきた藤花文茶壺なのである。

「これは……！」

峰吉は驚きを隠せなかった。

真贋を見極めるよりも先に、昨日の今日の出来事に、なんとも不思議な思いがしたからである。だが、骨董の世界には、不思議な〝縁《えにし》〟があって、求めている人の前に引かれるように現れるということがよくある。神の差配なのかどうかは知らぬが、まさにお導きである。

あまりにも仰天《ぎょうてん》したので、中兵衛の方が驚いて、

「やはり、本物なのですねッ」

と身を乗り出した。峰吉の反応を、本物を見たときの驚嘆と思い込んだのである。勘違いや早とちりをする性癖《せいへき》のある男だな、と峰吉は判断した。自分も結構、そそっかしい方だが、

——わてに輪を掛けたアホや。

と感じていた。

同病相哀《あいあわ》れむではないが、親近感を抱いた峰吉は、きちんと鑑定してやろうと思った。家宝を持って来たということは、どうせ金に困ってのことに違いなかろう。

「どれ……よいしょっと」

丁寧に絹布を添《そ》えながら、箱から出してみると、色艶《いろつや》があって、見る者の魂《たましい》をぎゅうっと締めつける痛みが走る。美しい女を見たときに胸が高鳴るのに似ているであろうか。峰吉は本物に間違いない、と思った。

しかし、その一方で、綸太郎が言っていたように、仁清の贋物《にせもの》が出回っていることも心に引っかかっていた。だから、念には念を入れないと、二束三文《にそくさんもん》のものをつかまされることになる。

「ほほう……」

峰吉は久しぶりに真剣に陶器を見つめた。日頃から書画骨董に接しているとはいえ、めったに感じない、なんとも言えない馥郁《ふくいく》たるものが心身に広がった。真贋の決め手になる箱書きにも、よく目を通したが、なるほどと頷けるものであった。

「なるほど、なるほど……さすが、油問屋さんが家宝にしてはるだけのものはあります。立派な仁清の茶壺です」

「でしょ？　だから私は言ったんだ」

「はあ？」

「あ、いえね。娘は贋物だ、どうせ安物に違いないなんぞと言いましてね……ええ、一人娘がおるのですが、これがオテンバもオテンバ。まあ、娘といっても、行かず後《ご》家《け》の二十五でねえ。死んだ女房代わりだなんぞと偉そうにしてるけど、アハハ、やっぱり私の目は確かだった」

と今の今までの情けない姿は吹っ飛んで、俄《にわか》に自慢たらしい天狗《てんぐ》が現れた。

「これでも、私は数々の書画骨董を集めてましてね。こんなことを言っては釈迦《しゃか》に説法でしょうが、いいものには何とも言えない味わいがある。地味に見えて華がある。作った人、使った人の息づかいが漂《ただよ》っている。そうでございましょ？」

「ええ、まあ……」

鑑定している峰吉がたじろぐほど、調子をこいてきて、散々、講釈《こうしゃく》を垂《た》れた後、

「ほら。こうして、おたくの本店、京の咲花堂の〝折紙《おりがみ》〟もついております。ほらほら、このとおり」

と箱書きと共にあったと差し出した。その意地悪そうな申兵衛の目には、贋物だと鑑定したときには、お墨付《すみつき》を出してギャフンと言わせようという腹づもりだったようだ。折紙とは、鑑定書のことで、この茶壺が本当に仁清作のものであることを証明し

たものである。

「そうですか、うちのものの……」

折紙を受け取って見たとき、峰吉の全身がアッと硬直《こうちょく》した。

たしかに、上条雅泉の署名と押印がされているが、峰吉は一瞬にして、

――これは贋物だ。

と分かった。何十年も仕えた人の署名である。たしかにそっくりであるが、違うと感じたのは、本物を見続けていたからこそである。

何処《どこ》が違うかということも指摘できる。本物は、雅泉の文字のある二カ所だけに、目に見えるか見えないかの〝間〟を掠《かす》れさせて書いているのである。筆先の太さを微妙に変えているので、そこまでは真似ができない。

――この折紙は贋物。でも、茶壺自体は本物……どういうことや……いや、茶壺もようでけてるけど贋作ちゅうことか。

峰吉の胸の内は激しく波打ってきた。二束三文の贋物だとしたら、下手に買ってしまうと大損をこくことになる。しかも、偽造の折紙まで見抜けなかったことになってしまう。

ここは、正直に言って追い返すしかあるまい。それとも、一旦《いったん》、引き取って、若旦

那に相談してから決めるか……と考えていたとき、

「これ、二十両でどうです?」

「に、二十……」

「はい。買ったときは、三十両もしました。ですが……こんなことを言ってはなんですが、少々、急ぎの金が必要でしてな。なんとかならんでしょうかな」

「二十両……」

「どうですか? ダメですか? この店の本店の折紙まであるのですよ」

売値を下げるということが、益々《ますます》、怪しいと思った峰吉だが、この茶壺をあの武家が百両で引き取ると言ったことを、改めて思い出した。差し引き、八十両の儲《もう》けだ。

このところ、綸太郎は商売には熱心でないから、赤字続きである。

だが、本物と知って安値で引き取るのも気が引けるが、贋物の折紙がついている以上、壺も贋物の可能性もあるから、二十両の高値で目の前の男を救うことにもなる。

——値は、鑑定師の胸三寸。

峰吉は熟考したが、いずれにせよ阿漕《あこぎ》な感じがしたので、こう切り出した。

「では、こうしましょう。実は……」

その壺を欲しがっている武家がいることを教え、直《じか》に持っていけと話した。つまり、咲花堂を通さずに、やりとりをしろと勧めたのである。

「話は私に聞いたといえば、先様も納得しはりますでしょう。ええどすか？　繰り返しますが、私から話を聞いたと伝えなされ」

「へえ……」

と中兵衛は不思議そうに首を傾げたが、峰吉は諭《さと》すように言った。

「そしたら、あんたも必ずいい目を見ると思います。よろしいな」

すぐさま備前香取藩の植村鐵之進の名を教えた峰吉は、中兵衛を送り出してから、勿体《もったい》ないことをしたと後悔した。それでも、骨董商としてギリギリあくどいことをするのは避けたと思っていた。

だが、それがとんでもない事件を引き起こすとは、暢気《のんき》な峰吉に分かろうはずもなかった。

三

数日後、ようやく晴れ空が広がったが、その代わり、真冬のような冷たい風が神楽坂を吹き抜けていた。

小粋《こいき》に整えた小銀杏《こいちょう》がバサバサと波打つのも構わず、ぶあつい唇《くちびる》を嚙《か》みしめながら、内海弦三郎《うつみげんざぶろう》は坂を踏《ふ》ん張《ば》るように登って来た。丁度《ちょうど》、店から出た綸太郎に、ぶつかるように体を寄せて、

「待ちな、咲花堂」

と声をかけた。

「これは、北町《きたまち》の……」

「挨拶《あいさつ》はいいよ」

威嚇《いかく》するように、内海は十手《じって》を突きつけながら、

「由緒正しい御家柄のあんたからすりゃ、三十俵二人扶持《ぶち》の定町廻《じょうまちまわ》り同心《どうしん》の俺なんざ、貧乏人なんだろうがな、心意気がてめえとは違うんだ。すっとこどっこい」

「何を怒っているのですか」

「いいから、来やがれ」

内海はいきなり綸太郎の襟首《えりくび》をつかもうとしたので、するりとかわして、とっさに足払いを掛けた。内海は背中から地面に倒れそうになったが、寸前、綸太郎は相手の袖をつかんだ。

「申し訳ありません。つい……」

「貴様ッ……」

と内海は不愉快な顔をしたが、綸太郎の浅山一伝流《あさやまいちでん》の柔術《じゅうじゅつ》と小太刀の腕前は承知しているから、叩《たた》きつけたい文句を飲み込んで、

「いや、上条綸太郎殿にぜひに見て貰いたいものがあって参った。色々と忙しい身であろうが、こっちも御用の筋だ。なんとか、ご足労願えまいか」

「気色悪いやないですか……それに忙しい身ではありまへん。おつきあいしましょ」

綸太郎がそう返すと、だったら端《はな》からそう言えとばかりに鋭い目になって、坂道を先に歩き出した。

神楽坂下に自身番があって、そこの腰高障子《こしだかしょうじ》の戸を開けた途端、土間にぞんざいに置かれている男の亡骸《なきがら》が目に入った。綸太郎は思わず眉間《みけん》に皺《しわ》を寄せた。胸から、腹にかけて、ズタズタに突き刺された痕跡《こんせき》が生々しく残っているからである。

年は三十半ばであろうか。二の腕には島帰りだと一目で分かる入れ墨《いずみ》が引かれていた。妙に鮮《あざ》やかな群青《ぐんじょう》の線だった。

「これは……？」

と綸太郎が声を出す前に、内海は他の傷も色々と見せながら、

「神田須田町《かんだすだちょう》の裏通りにある桜屋《さくら》とかいう骨董店の主《あるじ》だ。もっとも、あんたのように

由緒ある立派な店じゃねえ。素性《すじよう》の分からぬ……いや、三年程前に八丈島《はちじようじま》から帰って来た奴だから、奉行所《ぶぎようしよ》の例繰方《れいくりかた》で調べたら、すぐに分かったのだが……よく分からねえってことが分かった」

例繰方とは裁判の判例を扱うところだが、その折の調書なども残してあった。

「よく分からないことが分かった？」

謎解《なぞと》きのような言い草に、綸太郎は少々、苛立《いらだ》ちを覚えながら聞き返すと、内海は含み笑いさえ浮かべて、

「ああ。素性がよく分からぬまま、お奉行は吟味《ぎんみ》して遠島《えんとう》と裁断した。もっとも、死罪や遠島という重罪は、お奉行おひとりでは決することはできぬ。だが、殺すには忍びない……いや、死罪にするほどの証《あかし》がなかったと言えようか」

「一体、何をして捕《と》らえられたのです？」

「盗《ぬす》み、だよ」

「盗み……押し込みとか……」

「いや。ただの団子泥棒《だんごどろぼう》だ。しかも、たったの一本」

「団子一本で、島送りとは割りに合いまへんな」

内海は頷きながらも、当然のように続けた。

「まあ、自業自得《じごうじとく》だ。これもはっきりはしていないのだが、こいつは〝疾風《はやて》の鬼三《おにぞう》〟といってな、裏の渡世《とせい》ではちょっとばかり知られた盗人《ぬすっと》で、子分も四、五人いて、書画骨董ばかりを狙った盗賊だった、というのだ」

「書画骨董狙いの？　ほんまどすか？」

「だから、はっきりはしてねえと言ったじゃねえか。ただ、たしかなことがひとつあるんだ」

「たしかなこと……」

「こいつは現に、盗んで来た贓物《ぞうぶつ》ばかりを扱う骨董屋に成り下がってたってことだ。下がってるのか上がってるのか分からねえが、ろくな奴じゃねえこともたしかだ」

「困ったものですなあ」

「他人事《ひとごと》のように言われちゃ困る」

「？……」

「こいつは、あんたから頼まれて、刀剣の類を大名や旗本のお屋敷から盗んだこともあると言ってたらしい」

「まさか」

「知り合いではないか？」

「まったく知りませんな。初めて見る顔です」

「本当に？」

明らかに疑った目で綸太郎の顔を覗き込む内海だが、知らないものは知らぬと答えるしかなかった。

「ですが、神田の『桜屋』という骨董店が、紛《まが》い物ばかりを扱っているという悪い噂《うわさ》は耳に入っていましたがね」

「紛い物？」

「ええ。二足三文のものを安値で仕入れて……それこそ贓物かもしれないが、まるで本物のように見せかけて売るのです。中には優れた贋作もありますからな。優れた贋作ちゅうのも妙な話ですが」

「しかし、見る目のある者が見れば、分かるのであろう」

「さあ、私らかて、騙《だま》されるほどの〝逸品《いっぴん》〟もたまにはありますさかいな」

「ほう。咲花堂を騙そうとするバカもいるのか」

と内海は皮肉混じりに言って、

「贋物を本物に見せかけるためには、箱書きや折紙が大切なんどす。つまり、私たちのような目利きが、これは本物であるとお墨付を渡すんどすな。そしたら、それなりに信頼されて取り引きされますから、後であれこれと面倒が起きなくて済みます」

「そうか……それを聞いて安心した」

「え？」

「実は、この『桜屋』こと疾風の鬼三は、おまえと面識があるというのは嘘かもしれねえが、おまえさんが出した折紙のついている茶器やら壺などは、結構、店に置いてあった」

「私の？」

「ああ。嘘だと思うなら、後で店まで案内してやる」

「まさか。私は折紙などめったに出してまへん。そうする資格がないといえばないのどす。まだまだ父親の雅泉は健在ですからねえ。私の出る幕はないし、まだまだ修行の身です」

「随分《ずいぶん》と殊勝《しゅしょう》な物言いじゃないか」

「ほんまのことどす」

「……だがな、そんなことを言ってられるのは、今のうちだ。こいつが殺されたのは、どうやら、おまえが出した折紙のせいだ……としたら、只《ただ》では済むまい？」

「ですから、私は折紙など……」

出していないと言おうとした矢先、内海はさっと一枚の紙を差し出した。しっかりと厚みのある〝程村紙《ほどむらがみ》〟に、本物と証明する旨《むね》を記し、綸太郎の署名と咲花堂の押印がある。

それを見るなり綸太郎は苦笑しながら、

「これは、〝写し絵〟どすな」

とニべもなく言った。

「写し絵?」

「ええ。鑑定書の贋物のことを、上条家ではそう言うてます。本阿弥家でも、他の刀剣目利きでも言うてはるのとちゃうやろか?」

「…………」

「刀身は磨《みが》きがかかると鏡のように澄《す》んで、見る者の姿を映しますな。ですが、それは所詮《しょせん》は、刀身に映った姿ですからねえ、手にすることはできません。刀の傾きを変えれば、あっさりと消えてしまうから、贋物のことも、〝映しもの〟ということがあります。その鑑定書のことを、まさになぞるように写したものやから、〝写し絵〟というのどす」

「そんな講釈はどうでもいい」

「よくありまへん。写し絵は偽金を作るにも等しい行ないどっせ。御定書百ヵ条《おさだめがき》にも、贋作をすれば重罪とあるでしょう」

御定書百ヵ条は巷《ちまた》には出回っていない。大目付《おおめつけ》や奉行などの幕府の役人が見ることができるだけである。その写しは町年寄《まちどしより》らに配付されているが、その解説書の類を出版することもできなかった。ゆえに、ふつうの町人どころか、同心すらも条文については、一々、承知していないこともあった。

自分はそのようなものにも目を通す地位や家柄にある、そう自慢されたようで、内海はむかっ腹が立って、

「写し絵であろうとなかろうと、あんたと関わりあるものが、こうして出回っているのだ。それによって、殺しが起こった」

「殺し……」

「見てのとおり、この鬼三は、この折紙を持っていたから殺されたのだ」

「言っている意味がよく分かりませんが……」

「とにかく、最後まで付きあって貰うぞ。この殺しには……」

と内海は俄に噴《ふ》き出した額の汗を拭《ぬぐ》いながら、

「備前香取藩の御家騒動《おいえそうどう》も関わっておるゆえな」

そう断じて、ぶるっと背筋を震わせた。

「備前香取藩……」

綸太郎には縁のない藩だった。それに、武家の揉《も》め事《ごと》は懲《こ》り懲《ご》りだし、興味もなかった。だが、〝疾風の鬼三〟なる男が殺されたのには深い訳がありそうだ。内海が探索していることの裏には、面倒なことがあるに違いあるまい。

——なんや、また面倒なことやなあ。

と綸太郎は鬱陶《うっとう》しく感じていた。

四

神田須田町の『桜屋』は骨董店と名乗っているが、古道具屋に過ぎない。内海に連れられて、店に入った綸太郎は一瞬にして、そう思った。

なにしろ、ほとんどの骨董は手入れをされておらず、茶器や壺、香炉などの分類すらしていない。刀剣類もほとんど無銘で錆《さ》びついており、掛け軸にいたっては保存が悪すぎて黴《かび》が生えていた。

「骨董屋の風上にも置けぬ奴ですなア」

綸太郎は呆《あき》れ果てて、それ以上の非難はしたくもなかった。

店内を見廻していた内海はといえば、元々、書画骨董という類のものは、塵芥《ちりあくた》に過ぎぬと思っている人物であるから、舞い上がる埃《ほこり》を汚そうに払いながら、

「こんなもののために、人の命を奪う輩《やから》がいるのが許せぬ」

と目を細めた。

「それは私も同じです」

「どうかな。あんたも刀剣や茶碗のためには、武士が御家を守るのと同じように、命を賭《か》けているのと違うのか？」

「まさか、そんな人間がおれば見てみたい……あ、いや、たしかに人は美に惹《ひ》かれ、そのために罪を犯すことがあるかもしれまへん。私も茶碗ひとつのために人殺しをした事件に関わったこともあります」

「ふむ、哀れなものだな。結局は金のために殺しをする奴と同じだ」

「それは少し違います。銭金ではなく、美に魅入《みい》られてしまった心のあり方というか……人は時に自分でも分からないことをするものですからなあ」

「他人事のように言うな。おまえの折紙とやらが招いた悲惨《ひさん》な事件だ」

内海は確信に満ちた顔で、店の帳場から奥に入った座敷に綸太郎を招いた。

──あっ。

と綸太郎は息を飲んで、後ずさりをしそうになった。

障子や廊下、畳には、まだ生々しい血の痕《あと》が残っており、凄惨《せいさん》な状況であったことを物語っている。十本の指が柳のように流れている襖《ふすま》の血の紋様は、殺された主人が必死に抵抗した跡であろう。

思わず目を背《そむ》けた綸太郎に、内海は薄《うす》ら笑いすら浮かべながら、

「これが、つまらぬ殺しの現実だ……たかが茶壺ひとつのために、こうして人が殺された。愚《おろ》かなことだ」

「………」

「主人が、疾風の鬼三であろうことは、さっき言ったとおりだが、その証もある」

と格子襖を開くと、その奥には縄《なわ》ばしごや黒装束《しょうぞく》、棒手裏剣《しゅりけん》や油、鉤棒《かぎぼう》など盗みの七つ道具が置かれていた。さらに、盗品と思われる茶碗や壺、浮世絵、刀剣、硝子《ガラス》細工《ざいく》などがぞんざいに隠されてあった。

綸太郎が中に入って手にとってみると、なるほどそれなりの逸品が並んでいた。古陶磁の天目《てんもく》、青磁《せいじ》、染付《そめつけ》など様々な手法の焼物がずらりとあるのを見て、よくぞここまで盗んだと思えるほどだった。しっかりとした物であるが、恐らく箔《はく》をつけるため

に、著名な目利きの鑑定書を添えて売り捌《さば》いていたのだ。

もちろん、その鑑定書は贋物である。鬼三はいわゆる〝写し絵〟を書くのを得意としていたのであろう。片隅にある大きな文机《ふづくえ》の引き出しからは、咲花堂のみならず、本阿弥宗家を始めとする十二家、京祇園《きょうぎおん》堂、白川《しらかわ》家、江戸の松橋《まつばし》堂、万世《ばんせい》堂、さらには日本橋《にほんばし》利休《りきゅう》庵《あん》などの当主の署名などがあった。それを模《も》していたようだった。

日本橋利休庵の主人、清右衛門《せいえもん》は、京咲花堂の雅泉に長年番頭として仕えていた鑑定師である。刀剣目利きとしてはたしかだが、物そのものに価値を見いだす雅泉と、誰が持つか、どういう場で使われるかということに付加価値を添える清右衛門とは眼目が違うので、袂《たもと》を分かつことになった。

清右衛門は刀のみならず、政《まつりごと》にも目端《めはし》が利くので、幕閣や大名、豪商などにうまく取り入って、身の丈以上の商《あきな》いをしていた。綸太郎は特段、それを非難してはいないが、清右衛門のやり方は、時に揉め事の原因になる。ゆえに、たまに顔を合わせると、

「ほどほどにしときや」

と諫《いさ》めているのだが、清右衛門から見れば綸太郎はただの若造に過ぎない。もとは主人の息子ではあるが、江戸では商売敵《がたき》であるので、耳を貸すことはなかった。

「骨董屋には、目はいいけれども悪さをする者と、目はさほどよくないが善意のかたまり……という二通りがあります」

綸太郎はそう話しながら、目の前の茶器などを手にして、

「前者は日本橋利休庵……そして、この男……鬼三は、後者とも言えなくもない」

「泥棒だぞ」

「だからこそどす。本当の盗人ならば、金を盗んだ方が手っ取り早い。でも、これだけの物を盗むということは、色々な人に頼まれたからでしょう。折紙をつけるのは、万が一、お上が迫《せま》ったときに、言い訳するためのものでもあったのとちゃいますやろか。もちろん、値を上げるための箔付もありましょうが、根っからの悪党には思えまへんな」

「あんたは盗人を庇《かば》うのか？」

「決してそういう訳ではありませんが……なんとのう哀れな男に思えましてな」

「ふん。善意だろうが悪意だろうが、盗人は盗人だ。何者かに殺されたのも自業自得であろう」

内海は散らかっている中から、〝写し絵〟を数枚つかみ取って、

「盗んだ物に、これらを張りつけて、売り飛ばしていたのだから、悪党も悪党ではな

いか。どうだ、見てみろ」

と突き出した。綸太郎が改めて確かめるまでもなく、贋物である。

「で？　さっきから、私のせいで殺しがあったような口ぶりですが、どういうことなのですか。もう少し詳しく話して貰いましょうかねえ」

「簡単なことだ。鬼三は、おまえの書いた……いや、書いたとされる折紙を握《にぎ》って殺されていた。そして、この折紙が添えられていたはずの茶壺は、忽然《こつぜん》と消えていた」

「つまり？」

「あんたの折紙は必要としない誰かが、鬼三を殺してまで手に入れたかった茶壺だったということだ。そう……茶壺の値打ちなどは、どうでもいい。だが、その茶壺には別の何か曰くがあるから、どうしても奪いたかったのだ」

「そのために殺されたと？」

「さよう。だが、その曰くが何か……骨董の好事家《こうずか》でもなければ思いもつくまい。だから、あんたにも考えて貰いたいのだ」

「なんや……人を散々、引きずり回しておいて、探索の手伝いをせえと言うのどすか。それならそうと端《はな》から正直に言ったらどうどすか。まるで俺のせいみたいに……」

「関わりはあるのだ。それは……」

と内海が言いかけたとき、編笠《あみがさ》の侍《さむらい》が表に立った。庇《ひさし》に隠れて、顔はよく分からないが、店を覗き込んだので、内海が帳場まで出て、

「何か用か？」

と声をかけると、編笠を取った侍は丁寧におじぎをした。

過日、神楽坂咲花堂を訪ねて来た、備前香取藩士の植村鐵之進だが、綸太郎は顔を合わせていない。

植村は初めてこの店を訪ねて来た様子だったが、町方が何やら探索をしている最中であろうことを察して、

「お取り込み中なら、改めますが、主人の鬼三殿はおられぬか」

と尋ねてきた。

内海は訝《いぶか》しげに見やって、

「知らぬのか？」

そう問い返したが、植村はまったく事情を飲み込んでいなかった。鬼三が殺されたことも知らぬとみえ、それを知って大層な驚きようだった。

「失礼だが、何用でこの店に？」

「あ、いや……また日を改めまする」

「日を改めても、鬼三は死んだのだ。跡取りもないので、店は潰《つぶ》れるしかない。どのような用件なのか、お聞かせ願えるかな？」

何か不審《ふしん》な奴だと内海の第六感が働いたのであろう。執拗《しつよう》に植村を留《と》めて、話を聞こうとした。事件に関わる何かが拾えると思ったからである。

植村は用心深そうな目になって、

「何故《なぜ》、この店の主人が殺されたのですかな？」

「その前に、ご貴殿の御身分と用向きを尋ねたい」

「これは失礼をいたしました」

と植村はきちんと名乗ってから、『桜屋』にある茶壺を探しに来たと言った。

内海は備前香取藩士と聞いて、一瞬、何かあると目を細めたが、それを気取られぬよう咳払いをしてから、

「茶壺……ですか」

「はい。実は先日、長らく探していた藤花文茶壺を手に入れたのですが、それが紛い物であったことが分かったのです。ですが、その本物が、こちらにあると噂に聞いて訪ねて来たのですが……」

「藤花文……それは仁清の？」

綸太郎が口を挟《はさ》むと、

「ええ、そうです。よくご存知ですね」

植村が少し驚いた目を向けると、内海は何となく自慢げな顔になって、

「そりゃそうだ。この人は、神楽坂咲花堂の当主、上条綸太郎さんだ」

「ええ⁉」

その驚きようは異常なほどで、綸太郎の方が仰天しそうだった。訳を尋ねようとしたが、その前に、

「あの男……主人じゃないくせに黙ってたのか、まったく……いい加減なことをするのだな、咲花堂とは名ばかりか。ふむ、驚き桃の木山椒《さんしょ》の木とはこのことよ」

と吐き捨てるように言って、俄に険悪な雰囲気が漂った。綸太郎は怯まず、きちんと理由を尋ねると、

「本当に咲花堂の当主であるのならば、それこそぬかりなく調べることですな。お陰で、こっちは百両の大損。弁償して貰わねばならぬところだッ。御免！」

そう憤懣《ふんまん》やるかたない表情で、店を後にしていった。

「なんだ……？」

首をひねって見送る内海を、綸太郎も不思議そうに見やった。

五

申兵衛が営む油問屋『雉子屋』は、京橋の繁華《はんか》な通りから、一筋奥まった所にあった。元々は量り売りから一代で店を大きくしたらしいが、成り上がり者にありがちな派手さはなかった。

店内では一合から一升《しょう》、一斗《と》まで様々な枡《ます》があって、出入りをする客を相手に、娘のお亀《かめ》が笑顔で接していた。口元の小さなえくぼが愛らしく、態度もテキパキとしていたが、そこはかとなく薄幸《はっこう》の面立《おもだ》ちだった。

奥から手甲脚絆《てっこうきゃはん》の旅姿で出て来た申兵衛は、お亀にろくに挨拶もせず、

「じゃ、店は頼むぜ。四、五日は帰って来ないかもしれねえが、戻って来たときには大金持ちだ。なあ、何年もおまえに苦労をさせたぶん、たっぷりいい思いをさせてやるからよ」

と意気揚々《ようよう》と出て行こうとした。

お亀は何か悪いことに手を染めているのではないかと思って、何度も引き留めた

が、これと決めたら絶対に変えない父親であることも知っている。

「この前、あの茶壺を百両で売ったときから、なんだかおかしいよ、お父《と》っつぁん」

「何がおかしいものか。俺の目がたしかだったたっていう証じゃねえか」

中兵衛は『咲花堂』の峰吉に鑑定をして貰った後、お亀と一緒に備前香取藩江戸屋敷まで赴《おもむ》き、咲花堂本店の折紙つきの茶壺を百両で取り引きした。その金を持って帰って来たとき、中兵衛は子供のように飛び跳《は》ねていたが、あまりにもうまい話過ぎて、お亀はなんとなく落ち着かなかったのである。

「だって、そうじゃないか。お父っつぁんは今まで、何十何百もの茶碗や香炉を集めたけれど、大概《たいがい》は紛い物だったじゃないか。そのお陰で、おっ母《か》さんは本当に苦労のし通しだった。見る目がないんだよ。それが、あの茶壺に限って、百両もの大金になったなんて、私には信じられない」

「いや。今まで二足三文と思っていたものも、本当は凄《すご》いものだったかもしれねえじゃねえか」

「とても、そうとは……」

「とにかく、俺は香取藩の植村様に、あれと同じもの……いや、あれと対《つい》にあったはずの藤花文の茶壺を探してくれと頼まれたんだ。見つけりゃ、さらに百両だ。それだけありゃ、もっといい骨董を買える」

「お父っつぁん……」

「あ、いや。ぜんぶを骨董に使わねえ。おまえを楽にさせてやるためだ。そう言っただろう？　ああ、嘘は言わねえ」

と誓《ちか》うように頷いたが、申兵衛の言葉を俄に信じるお亀ではなかった。

今までも油の商売で稼いだ金のほとんどは、書画骨董に消えていたからである。手文庫の金がどんどん無くなってゆく代わりに、薄汚れたがらくたが奥の座敷に増えていった。それを見るたびに、お亀は深い溜息をつかざるを得なかった。

だが、申兵衛は反省するどころか、値打ちがあるものだと信じて疑わず、玄人《くろうと》の鑑定師が紛い物だと断じても、自分の眼力《がんりき》の方を信じていたのである。だからこそ、がらくたが貯《た》まる一方だったのだ。

「けどよ、そうじゃねえって分かっただろう？　見る人が見れば、なあ、百両もの値がついたじゃねえか。もうひとつ見つけてくりゃ、アハハ、しばらく働かなくたって贅沢《ぜいたく》ができらあな」

実に楽しそうに話す申兵衛に、お亀は不安を隠しきれなかった。

「あたしはね、お父っつぁん……何も贅沢なんぞしたくはない。日々、暮らせるだけの実入りがあれば、それでいいんだ。嫁に行くのも諦めたし、私はお父っつぁんの面倒を一生見るつもりだ。父娘《おやこ》ふたりだけなら、なんとか生きていける。ねえ、そうだろう」

「俺だって同じ気持ちだ。でも、ちょいとばかり、おまえにいい思いをさせてやりてえ。花嫁衣装だって着させてやりてえ。それだけだ。よう、そんな目で見るなよ。それより、時々、痛む膝《ひざ》を大事にしろ、な」

と中兵衛は意気揚々と出て行った。

なんとなく、嫌な予感がしたが、お亀は黙って見送るしかなかった。

その夜——。

暖簾を下げて、通いの手代《てだい》を一人帰してから、板戸を閉めようとするお亀に、

「もうしまいかい？　北町の内海だ」

と一人の同心が近づいてきた。

「いらっしゃいまし……」

と振り返ったお亀の表情が、一瞬にして曇《くも》った。

客足が途絶《とだ》えたのを見計らって来たようだった。半刻（一時間）程前から、何度か

店の前を通りかかっていたのを、お亀は覚えていた。

努めて笑顔でふるまおうとしたが、よけいに強張《こわば》る。何も悪さをしていなくとも、商売人にとって、町方同心や岡《おか》っ引《ぴき》が出入りするのは嫌《いや》なものである。

しかも、北町の内海は、

——ああ、あの嫌みな定町廻りか。

と言われるほど、町場の者たちに嫌われていたから尚更《なおさら》だ。ときに袖の下を求めるという噂もある。江戸の安寧秩序《あんねいちつじょ》を守るためには、同心や岡っ引をはじめ自身番や辻番、橋番などの番人の厳しい目配りが欠かせない。それゆえ、多少の金を払うことは当然だと内海は思っているようだった。

「中兵衛はいるか」

「あ……うちのお父っつぁんが何か？」

「いるかと聞いておる」

「今はちょっと出かけておりますが」

「いつ帰って来る」

「それはちょっと……」

分からないとお亀が言うと、内海は訝しげな目になって、

「隠し立てするとためにならぬぞ」

「いえ、決して……ただ、今日明日は帰らないと思います」

「商いか？」

「いえ、それが……恥ずかしながら、うちの父親は骨董に凝《こ》っておりまして、とてもよいものを見つけたようで、その買い付けに川崎宿《かわさきしゅく》の方まで行ったのでございます」

「買い付け？　おまえの店は油問屋の鑑札《かんさつ》はあるが、いつから古物商になったのだ」

「いえ、そうではありません。お父っつぁんが自分の道楽で……」

「道楽で何十両……いや百両もする茶壺を売り歩くのか？」

「え……？」

お亀は驚きの表情を隠しきれなかった。町方同心が訪ねて来るくらいだ。やはり不安が的中したと思ったのである。

「あの……うちのお父っつぁん、何か悪いことでもしたのでしょうか……」

「どうして、そう思う」

内海の方も警戒するように目を細めて、ゆらゆらと袖を振った。まるで賄賂《まいない》を寄越《よこ》せば、多少のことは大目に見てやるとでも言っているように、お亀には見えた。

「私にはよく分かりませんが、仁清とかいう茶壺を……」

「香取藩の者が買い取ったのだろう?」

「あ、ええ……」

そこまで調べているとなると、やはり何か悪いことに手を染めていたのだろうか。

「旦那、お父っつぁんは……」

「仁清の百両の茶壺な、それは本物かどうかは俺の手元にないから分からぬ。だが、どう考えても、それほどの値打ちのあるものを、申兵衛のような素人《しろうと》がたまさか手に入れていたというのは解《げ》せぬ」

「はい……」

「奴が『桜屋』という骨董屋から手に入れたということは突き止めた」

「それが、何か関わりが……」

「大ありなんだよ。『桜屋』の主人の鬼三という奴は、元は骨董ばかり狙う盗人の頭《かしら》だった。しかも、そいつが、殺されたとなると……」

「殺された⁉」

「どんな小さなことでも調べてみるのが、町方の務めなのでな」

お亀は泣き出したくなった。

父親を疑うのは気が引けたが、申兵衛は真面目に働く反面、山っ気の多いのも事実だったから、ふらふらと金になる方へ傾いたのかもしれない。断るのも苦手という人間だから、強引な奴に誘われたりしたら、嫌々ながら手を貸さぬとも限らない。

「どうした……心当たりがあるのか?」

「いえ、そうではありませんが……」

自分が頭の中で想像することに、お亀は押し潰されそうになった。それに輪をかけるような脅迫《きょうはく》めいた声で、

「おまえのお父っつぁんは、鬼三と繋がりがある。もしかしたら、仲間割れで殺した……という見方も出てるんだ。俺の調べにとことん、つきあって貰うぜ」

と内海は言った。

怖々《こわごわ》と、お亀は頷くしかなかった。

六

神楽坂咲花堂を、内海が再び訪れたのは、その翌朝のことだった。峰吉がいつものように店先を掃除《そうじ》して、水を撒《ま》き、玄関の格子戸脇《わき》に盛《も》り塩を終えた頃である。

「うわ、びっくりした……こっそりと人の後ろに立たんといて下さいな。あ、若旦那

でっか？　それが今日もいてまへんのや、どこに行ってるのか、近頃、夜な夜な、あちこちに出向いては帰って来まへん。盛《さか》りのついた猫みたいで、どうもねえ」

「本当のことを言え」

「ほんまどす。なんなら……喜久茂《きくしげ》にでも行ってみたら、どないどす？」

　喜久茂とは、桃路たちを擁《よう》している芸者の置屋《おきや》である。

「まさか、桃路と一緒だというのか」

「あれ、知りまへんか？　あのふたりはどうもねえ……余計なことは口が裂《さ》けても言えまへんが、毎日のように会《お》うてます」

「余計なこととは何だ」

「だから、言えしまへん」

「うぬ……」

　内海は、桃路に岡惚《おかぼ》れをしている。前々から言い寄っていたのだが、桃路の方はまったく相手にしていない。それでも、しつこいほどに言い寄っていたから、

　――これまた厄介《やっかい》な男。

　だと芸者衆からも、まるで盛りのついた野良犬のようだと毛嫌いされていた。

桃路はいつものように、料理茶屋『松嶋屋』の奥座敷に、綸太郎とともに泊まっていた。『神楽坂もずの会』という、神楽坂の旦那衆の集まりがあるのだが、そこに顔を出した流れのまま居続けたのだ。

この『松嶋屋』は諸藩の江戸留守居役と幕閣が秘《ひそ》かな会合に使っている店で、元々は将軍家光《いえみつ》の家来たちが、矢来《やらい》の別邸に向かう途中で休憩《きゅうけい》を取る宿だった。『神楽坂もずの会』というのは、神楽坂在住の旦那衆にとどまらず、御家人や職人たちもいる、美味《うま》いものを食べる会であるが、困った人を助ける互助会《ごじょ》でもあった。

その昔は、善國寺毘沙門天《ぜんこくじびしゃもんてん》前に〝投《な》げ文所《ぶみ》〟があった。吉宗《よしむね》公の目安箱《めやすばこ》に準じたもので、町名主が集めて、まとめて辰之口《たつのくち》まで届けていたのだが、それが今は、秘かに人助けをするために設《もう》けられていたのである。

「病に苦しんでいる者、貧しさに耐えられなくなった者、世間から不当に酷《ひど》い仕打ちをされている者、思わぬ揉め事に巻き込まれた者……など、世の中には、自分ひとりでは解決できないことで、困っている人々が大勢います。そんな人の味方になってあげようという善意の集まりが、『もずの会』の本分なのです」

と『松嶋屋』の隠居《いんきょ》は常々言っている。綸太郎はその熱き思いと人柄《ひとがら》に接して、微力ながら善意を施《ほどこ》そうと、事あるごとに手を貸していた。

元来、お節介《せっかい》焼きの綸太郎のことを、人助けをするのを楽しんでいる。人助けは気持ちがよいぞと峰吉に説教するほどだった。

——余計なことに首を突っ込まないで、生業《なりわい》に励《はげ》んで欲しい。

と峰吉は批判的な目で見ていた。が、当人はいたって平然と、人助けをするのを楽しんでいる。

桃路がもずの会に綸太郎を誘い込んだのは、常に一緒にいたいからではないか、と峰吉は勘繰《かんぐ》っていた。近頃は以前にも増して、まるで夫婦のような雰囲気《ふんいき》の桃路に、峰吉は苛ついていた。

「おや、内海の旦那。こんな朝早くにどうしたのですか？」

玄関に呼び出された桃路は、まるで『松嶋屋』が自分のうちかのようにふるまっているので、内海は落ち着かぬ様子だった。

「ご不浄《ふじょう》ですか？　さあ、お上がりなさいまし」

「そうではない、バカモノ」

「あら。なら、どうして、そうもじもじと？」

「つまらぬことを言うな。咲花堂の方に用がある」

「綸太郎さんですか」

「そうだ」

「今、ちょっと朝寝をしてましてね。ゆうべ、遅くまで頑張ってたから。ほんと物凄い精力があるからねえ。付きあう私の身にもなって欲しいわ」

艶やかな笑みを洩らす桃路に、内海は少ししどろもどろになって、

「み……見せつけるんじゃねえぞ、朝っぱらから、なんでえ……て、てめえ」

「どうしたのですか？」

「おまえが、のろけやがるから、この……」

桃路はさらにニッコリと目尻を下げて、

「あら、旦那。なんだか、嫌らしいことを考えてませんか？　綸太郎さんは旦那とは違うんです。色々と困っている人たちのために夜も寝ないで頑張ってるんです。ゆうべも、悪い金貸しに追われている親子を……」

「そんな話はどうでもいいッ。俺は仁清の茶壺のことで来たんだ。そう伝えて、とっとと連れて来いってんだ！」

やけくそのように声を荒らげる内海を、桃路はキッと睨《にら》んでから、

「知りませんよ。綸太郎さんも寝起きは不機嫌ですからねえ」

女房のような口調で言って奥へ通した。

奥座敷で、脇息《きょうそく》にうずくまるように眠っている綸太郎の姿を見て、内海は妄想《もうそう》し

ていたようなことではなかったと納得した。散らかっている借用書などの書類から見て、本当に人助けのために奔走《ほんそう》していたのだと分かった。

バツが悪そうに鬢を掻《か》いた内海は、それでも御用の筋だと突っ張って、綸太郎を揺り起こそうとした。すっかり安心しきって眠っている。その姿がかえって、内海の胸を痛めた。

「ほう……随分とおまえのことを信じ切っているようだな」

「ええ。そりゃ、もう」

「おい、起きろ。咲花堂、先日のことで話がある」

目を薄く開けた綸太郎は内海の顔を見るなり、桃路が言ったように少し不機嫌に、

「……まったく、だから、お上ちゅうのは嫌いや。他人様の都合なんぞ、どうでもよいとみえる」

「なんだと？」

「同じことをされたら、あんたかて怒るやろ」

内海は何も謝らずに、唐突に一枚の折紙を綸太郎の目の前に差し出した。

「見覚えがあるか？」

「………」

「これは本物か、それとも、〝写し絵〟か。それによって、探索が変わってしまうのでな。篤《とく》と見てみるがよい」

綸太郎はそれを手にして、目が醒《さ》めるほど驚いた。仁清の茶壺を証明した上条雅泉の鑑定書であるが、明らかに贋物であったからだ。

「これは、どこで……」

「神楽坂咲花堂の主人ともあろう者が、知らぬでは済まされぬぞ」

「どういうことや。これは、どこで手に入れたのどす？」

「申兵衛が持ち込んだ藤花文の茶壺に添えられていたものだ。おまえの店の番頭が、ご丁寧に申兵衛をして、香取藩邸の植村鐵之進まで届けさせたそうだ」

「え？」

「それも知らぬとは……まったくバカ旦那と言われても仕方がないな」

綸太郎には内海の言わんとするところが分からなかった。寝起きだからではない。折紙だけを持っていることが理解できなかったのだ。

「申兵衛は、茶壺と引き替えに百両の金をもらったそうだ。そのとき植村は、その壺をじっと見つめて、『まさに、これだ』と納得したらしい。好事家であるなら、折紙も添えておきたいところだろうが、箱書きだけで充分だと、これは自分で棄《す》てるからと持ち去ろうとしたそうだ」

「箱書きだけでよい……？」

「茶壺も箱書きも本物だが、この折紙だけは贋物だと、植村殿は見抜いたのだ……妙な話よのう。本物なのに、贋物の折紙がつくとは……どう思う、若旦那」

内海は謎かけでもしているかのように、綸太郎に迫った。

「しかも、この上条雅泉……つまり、あんたの親父さんの〝写し絵〟も、殺された鬼三が作ったものだと思われる。ああ、奴の店に残っている道具から割り出した」

「………」

「なあ、若旦那……贋作に〝写し絵〟が添えられるのは分かる。だが、本物に、わざわざ〝写し絵〟をつけるのは何故なのか、俺に分かるように話してくれねえか」

綸太郎は首を横に振って、長い溜息をついてから、

「そんなことは、俺にも分かりまへんなあ。だが、植村某《なにがし》が受け取ったという茶壺……それが本物かどうかは、きちんと確認を取ったのですか？」

「それは……」

と内海は少し弱々しい声になって、

「だから、おまえに頼みたくて、こうして来たのではないか」

「もしかして、内海さん、その仁清の藤花文茶壺と、鬼三殺しとが繋がってる……そう言いたいのどすか?」

「まあ、そういうことだ。百両を手にした申兵衛は、その茶壺と対になっている、もうひとつの茶壺を求めて、心当たりを探しに行ったそうな。さらに植村殿から、大金を手にするためにな」

「対の……?」

「ああ。申兵衛の娘から聞いた話では、茶壺は、右巻きの藤の花と左巻きの藤の花の紋様があって、両方揃うと夫婦茶碗のように、美しくひとつの藤棚となるらしい」

「――はて……仁清にそんな品があったやろか」

綸太郎は眉間に皺を寄せて、首をひねった。

「たわむれに作ったものかもしれぬと、植村殿は言っておった」

「その両方を、植村さんとやらは欲しがっているのどすな?」

「そういうことだ。何か心当たりはあるか?」

唸《うな》るように腕組みをして、綸太郎はゆっくりと立ち上がった。

「……もう一度、植村さんに会うてみなあかんどすな。〝写し絵〟が不要になった訳を、私も知りとうなってみました」

七

「すんまへん。ほんまに、すんまへん」

峰吉は丁稚《でっち》のように謝りながら、綸太郎について来ていた。白髪《しらが》混じりの男が、わらわらと涙を流しながら歩いているのを、通り過ぎる人々が振り返って見ていた。

「ええから、さっさと歩け」

「若旦那……悪気があった訳やありまへん。中兵衛って奴があまりにも哀れな感じやったから、何とか役に立ちたいと思うただけどす。ほんまどす」

と峰吉は追いかけながら、必死に自分には非はないと訴え続けた。

「それはどうやろな? おまえかて、中兵衛さんが持ってきた茶壺に添えてあったのは、〝写し絵〟やと分かったはずや。親父のことなら、爪《つめ》の先まで知っとるやろ」

「そ、それは……」

「折紙が贋物だと分かったのなら、なんで俺に相談しなかったのや」

「でも、あの仁清の茶壺は本物で……」

「本物なら尚更やないか。本物に詐《いつわ》りの折紙がついてたら、それこそ問題やないか。

只でさえ贋物の多い仁清や。何度も気を抜かずに鑑定するのが、咲花堂の仕事や」

「へえ……」

「少なくとも一晩は置かないと分かるものやない」

「…………」

「パッと一目で本物やと思うても、一晩側に置いておくと、贋物なら必ず飽《あ》きる……そのときに初めて贋物と気づくのや。親父から何度もそう教え込まれたはずやがな」

「も、申し訳ありまへん。でも、あれは本物どした。そやさかい、売り手と買い手を引き合わせただけどす」

「で、幾《いく》ばくか袖に入れたか」

「そんなことしてまへん。わては、本当に中兵衛さんが困ってはるのを目《ま》の当たりにして、つい……」

と懸命に否定してから、しょぼついた顔になって、

「そりゃ、ちょっとは思いましたよ……中兵衛さんから、そこそこの値で取り上げて、植村さんに売り飛ばしたら、えらい儲けになるやろなと。そやけど、そんなことはできまへんでした。へえ」

「当たり前のことや。ああ、情けない。それでも咲花堂の番頭かッ。銭金のことばか

りじゃのうて、もっとしっかり頼むで」

いつになく険《けわ》しい口調で投げかけると、峰吉はハタと立ち止まり、

「な……なんでっか、若旦那！」

「なんや」

「ほなら、言わして貰いますけど、わては若旦那があまりにも自堕落《じだらく》な暮らしをしてるさかい、なんとか儲けようと頑張っとるのやないですかッ。それを桃路のような芸者に入れあげて、訳の分からん〝もずの会〟で親切ごかしをやってからに。うちは商売のために江戸店を出したんどっせ。若旦那の道楽に付きあわされるのでしたら、もう京に帰らせていただきますわい。そもそも江戸の水は合わんかったんや」

思わず〝逆ギレ〟した峰吉を、綸太郎も売り言葉に買い言葉で、勝手にしたらええと突き放した。

「どんな言い訳をしたかて、おまえのしたことは骨董目利きの風上にも置けぬことや。そんなに嫌なら、さっさと荷物をまとめて京でも大坂《おおさか》でもいんだらええ」

「あ、そうどすか。ほな、そないさせて貰いまっさ」

峰吉は腹立たしげに地面を鳴らすように来た道を戻っていった。

「――まったく、しょうがない奴や」

論太郎は呆れて溜息をつくと、近づいて来た備前香取藩の屋敷の門前に立った。丁度、潜《くぐ》り戸から出て来た門番に用件を伝えると、まるで向こうでも待っていたかのように、すぐさま通してくれた。

香取藩といえば三万石程の小藩だが、たしか先代の藩主は、若年寄として、窮《きゅう》状《じょう》に陥《おちい》っている幕府財政の立て直しに尽力《じんりょく》したはずだ。老中《ろうじゅう》首座の松平定信《まつだいらさだのぶ》の信任も厚かったと聞いている。そのような名門の藩の者が、なぜ、仁清を躍起《やっき》になって探しているのか。

小振りな枯山水《かれさんすい》の庭園を眺めながら、渡り廊下を通された離れには、江戸留守居役の池田政幸《いけだまさゆき》が待っていた。黒絹の羽織に桔梗《ききょう》の家紋が輝いており、藩主の親族であることを主張しているようだった。

「咲花堂の上条論太郎殿でござるか。お目にかかれて光栄に存ずる」

堅苦《かたくる》しい挨拶をしているうちに、植村が例の茶壺を運んできた。丁寧に毛氈《もうせん》を敷いて、論太郎の前に置くと、もう一度、じっくりと鑑定して欲しいと申し出た。

論太郎は一目で、本物であろうと分かった。だが、鑑定には少なくとも一晩置いておきたいという持論を話して、

「それにしても、仁清を欲しがるのは、どうしてなのです？」

「それは……」

と植村は言いかけて、池田の顔色を窺った。綸太郎は素朴《そぼく》に問いかけた。

「何か藩にまつわる重大なことでもあるのですか？」

「さよう……」

答えたのは池田の方だった。

「実は、この仁清の壺には、秘かに我が藩の隠し財産の在処《ありか》が記されておるのです。もちろん、必要なのはこの壺ではなく、折紙の方だったのです」

「折紙……〝写し絵〟のことか？」

「写し絵？」

「まあ、その話はいいです。この贋の……」

と綸太郎は、内海から預かった折紙を見せながら、

「贋の鑑定書に、隠し財産か秘宝か知りませぬが、その在処が残されていると言うのですね？」

「さよう」

「ならば、なぜ、この折紙は中兵衛に返したのです？」

「もうひとつの仁清を探すために、それが必要だったからです。この端をご覧下さ

い。微かではありますが、割《わ》り符《ふ》となっていますね……もうひとつの茶壺の折紙と合わせて分かるようになっているのです」

この折紙は、中兵衛が大切にしまっておいたのだが、内海がお亀から取り上げて来たのである。もちろん、お亀はそれほどのものとは知る由《よし》もない。中兵衛は旅の途中紛失しては困るので、持参しなかったようだ。

「では、この贋の折紙は、殺された鬼三なる男が作ったものに間違いないようだが、香取藩の財宝とやらのことを、この鬼三も知っていたということですかな？」

「さよう。実は鬼三は……」

わずかに言い淀《よど》んだが、今更、隠しても仕方がないと池田は判断したのであろう。綸太郎が公儀目利き所の本阿弥家に通じており、時の権力者とも少なからず交流があることも承知している。下手に嘘をついて、後で面倒なことになるくらいならば、綸太郎を味方につけておいた方が得策だとも思ったのであろう。自分に言い聞かせるように頷くと、池田は渋《しぶ》い顔で続けた。

「鬼三という男は実は、元は我が藩の密偵《みってい》だったのです。先代の藩主が若年寄に就任した折、江戸に連れて来て、幕閣や諸藩の動向を窺わせておりました」

「密偵……」

「はい。甲賀《こうが》者でした……我が藩主は特段、骨董好きという訳ではありませんでしたが、役料とは別に、幕府から受け取った非常持ち出し金を、後に藩のために使おうと隠していたのです。御用蔵に置く類のものではないから、城下の何処かへ秘匿《ひとく》したのだが、書き記されていなかったから、分からなくなってしまった」

「へえ。それは、また手抜かりですな」

池田は恥ずかしそうに俯《うつむ》いて、何やら懐《ふところ》から封書を出して開いて見せた。

「――前藩主は病で亡くなり、跡継ぎはまだ三歳の松千代《まつちよ》君ということで、公儀には届けられ、後見は江戸留守居役の私が承《うけたまわ》ったのですが、国家老の柴山《しばやま》様が、前藩主の弟君を担《かつ》ぎ出して、藩政を牛耳《ぎゅうじ》ろうとしているのです。そのためには、金がいる。そこで、若年寄の頃に貯めていた非常持ち出し金をあてようとして、国家老一党は躍起になって、金の行方を探しているのです」

「探しているのは、あんたたちも同じだろう？」

と綸太郎は皮肉めいた目になったが、植村は冷静に口を挟んだ。

「松千代君こそが正統な後継者なのです。それは公儀も認めていること。余計な御家騒動を起こして、逆に公儀からお咎《とが》めがあるのを、我々は恐れております。そんなことがあっては、それこそ御家の一大事。ですから、国家老の陰謀を阻止《そし》せんがため、なんとしても隠し金の在処を……」

「まあ、待ってくれ」

綸太郎は制するように手を掲げて、

「俺は御家騒動には、みじんも興味がない。御政道にも関わりたくはない。だが、気になるのは、私の父や私の〝写し絵〟を、鬼三が作っていたということです」

「それは……奴が、我が藩の密偵をやめ、その後、勝手にやっていたこと」

「そうではありますまい？　現に、前藩主の命令で、鬼三に〝写し絵〟を作らせ、秘密の絵図面か暗号文か知らないが、それも作らせていたのでしょ？」

「………」

「だから、お武家はどうも信頼できまへんなあ……でも、まあ〝写し絵〟を綺麗《きれい》サッパリ潰してくれるなら、手を貸さないでもありません」

「どうか、どうか……」

池田と植村は平身低頭《へいしんていとう》で綸太郎に対して、贋の鑑定書を大目に見てくれと頼み、もうひとつの茶壺の在処を探してくれと切実に言った。

「言っておくが、お二方……たしかに、この壺は仁清が作ったものでっしゃろ。ですが、対のものがあると聞いたのは初めてや。探すのならば、中兵衛とやらを見つけた方が早い気がしますが？」

「え……？」

「植村さん。あなたが申兵衛に〝写し絵〟を持たせたことが過ちのようでしたな」

「どういうことです？」

ハッとなった植村は俄に顔が強張って、

「まさか……国家老一派と通じてるとでも言うのですか？」

「さあ。それは分かりまへんが、贋の折紙などを使って秘匿するなど……もし、これが本阿弥家のものであれば、どないなることやら……それこそ藩の存亡に関わりますからね、ゆめゆめ忘れない方がよろしいですよ」

と穏やかな口調で言った。その綸太郎の表情は、どこか謎めいていた。いにしえより続く上条家の風格と言おうか、特異な家柄の神々《こうごう》しさと言おうか。物静かさの中に威厳《いげん》が満ちあふれていた。

八

白砂青松《はくしゃせいしょう》が続く東海道《とうかいどう》を、申兵衛は急いで江戸に戻っていた。

川崎宿の『桃乃屋《もものや》』という骨董店から、左巻きの藤花文茶壺を手に入れて、意気揚々と江戸の香取藩邸に向かっていたのである。行きは寒々とした風景が、同じ風景ながら、明るく温かく感じるのは、取り引きがうまくいったからであろう。

急いで植村に届けたいところだが、品川宿《しながわ》まで来ると丁度日が暮れた。このまま突っ走ってもよいが、高輪《たかなわ》の大木戸で足止めをくらうのであれば、一晩くらい泊まってもよいかという思いが脳裏に浮かんだ。

「百両の壺をたったの五両で手に入れたんだ。はは、ちょいとくらいハメを外したところでバチは当たらねえだろう」

と中兵衛は、品川の宿に泊まることにした。

内藤新宿《ないとうしんじゅく》、板橋《いたばし》宿、千住《せんじゅ》宿と並ぶ江戸四宿として栄えており、色街としても賑《にぎ》わっていた。江戸っ子は吉原《よしわら》に行くよりも、品川に遊びに来る方が多かった。東海道の一番目の宿場だけに、遊女たちの粒《つぶ》も揃っており、情も優しくてよいという。

まだ大金を手にした訳ではないが、先日と同じく百両が入ることになっている。

「へへ……俺もついてきたってこった……あの右巻きの藤花文茶壺だって、元を辿《たど》れば三両そこそこで手に入れたもの。十両で売り飛ばせれば御《おん》の字だったところだが、百両だぜ、百両。さらに、これが同じ値で、えへへ」

と風呂敷に包んで手に抱えている茶壺の入った箱を抱きしめた。

手頃な旅籠《はたご》に入った甲兵衛は、盥《たらい》で足を濯《すす》いでから、二階へ上がった。飯盛り女はひとりしか置けないことになっているので、甲兵衛は宿で飯を食って、ちょいとばかり酒を飲んでから、ぶらぶらと岡場所を歩いてみた。懐には壺を買って余った金が五両もある。パッと使いたいところだが、骨董ならまだしも、女のために金を棄《す》てるような真似はできなかった。

安い女郎《じょろう》屋の遣《や》り手婆《てばば》に袖をつかまれて、ふらふらと見世の敷居を跨《また》ごうとしたとき、何となく気が引けた。

――茶壺……大丈夫かな？

という心配が、俄に甲兵衛の胸に押し寄せてきたのである。

実は、川崎宿から尾《つ》けて来ていた浪人者が二人いた。初めはさほど気にしなかったが、何となく鋭い視線を感じていたので、品川宿で泊まることにしたのである。

浪人たちは甲兵衛を追い越して行ったはずである。なのに、舞い戻って来たのか、女郎屋近くの路地をうろうろしている。

――もしかしたら、あの壺が狙われているのかもしれねえ。

急に不安になった甲兵衛は、遣り手婆の腕を振り払うように旅籠に走って帰った。

「これは、お早いお帰りで」

宿の女将はおかしみを堪《こら》えるように口に手を当てて笑った。

「誰か俺を訪ねて来なかったかい？」

「いいえ」

「そうかい……なら、いいんだ」

二階の自分の部屋に戻ると、きちんと部屋の片隅には風呂敷に包まれたままの茶壺が置かれてあった。それでも不安が拭いきれなかった申兵衛は、風呂敷をほどき、箱を開けてみた。

きちんと茶壺はあり、折紙も添えられてあった。

「なんだ……気のせいか……だよな。俺がこの茶壺を手に入れたのを知っているのは、俺と『桃乃屋』だけだし、誰かが狙ってるはずもねえか」

申兵衛は思い過ごしだと感じ、宿の湯に浸《つ》かって一杯やると、すぐに床《とこ》についた。

異変は翌朝に起こった。

草鞋《わらじ》を履《は》いて旅籠を出て、宿場外れまで来ると、申兵衛の前に浪人が立ち塞《ふさ》がった。昨夜、遊郭《ゆうかく》にいた顔だった。思わず後ずさりしようとすると、後ろにもいて、背中に刀を突きつけられた。

「その壺を置いて、そのまま行け」

目の前の浪人が睨みつけて、低い声で言った。背中には刀の切っ先が触《ふ》れた気がして、中兵衛は思わずしゃがみ込んだ。

「か、勘弁《かんべん》してくれ……な、なんで、この茶壺が欲しいんだ」

「もう一度、言う。置いて行け。命だけは助けてやる」

「……勘弁してくれ。お願いだ」

哀願しているうちに人が来るかもしれない。中兵衛はそう思っていたが甘かった。目の前の浪人が目配せをすると、背後にいた浪人が問答無用に突きかかろうとした。気配を察した中兵衛は、突如《とつじょ》、前に突進して、浪人に体当たりすると、そのまま駆け出した。足には自信がある。油の量り売りをする前は飛脚《ひきゃく》もしていたことがある。幾ら茶壺を持ったままとはいえ、このまま二町も走れば高輪の大木戸がある。とにかく、必死に逃げ切るだけだ。

そう思ったが、二十歩ほど走ったところで、別の浪人が数人現れた。

「！……」

背後から、さっきの浪人も追いかけて来て、あっという間に追いつかれた。もうダメだと思ったとき、中兵衛はとっさに茶壺の入った箱を投げつけた。最後の最後は、百両よりも自分の命の方が大事だ。

「欲しいなら、持ってけッ」

中兵衛は必死に叫んだが、浪人は冷静な目で箱を刀で叩き割った。当然、茶壺も割れたので、中兵衛は驚いた。浪人は裂けた風呂敷の間から、パラリと出てきた折紙をつかむと、

「おとなしく渡しておれば済んだのだ。俺たちの顔を見た限りは、死んで貰うぞ」

と鋭い居合《いあい》で斬《き》りかかった。

その時である。

「待て待て！　相手なら俺がなってやる」

着物の裾《すそ》をつかんで、疾風のように駆けつけて来たのは綸太郎だった。中兵衛にとっては見たことのない顔である。

「⁉……」

及び腰になって逃げようとしたが、抜刀した浪人たちが取り囲んだ。その輪を突き破るように突進して来た綸太郎は、素早く名小太刀〝阿蘇《あそ》の蛍丸《ほたるまる》〟を抜き払うや、斬りかかって来る浪人たちの刀を鮮《あざ》やかに弾き返した。

「おまえは……」

浪人たちは綸太郎の顔を知っているようだった。

「多勢《たぜい》に無勢《ぶぜい》とは、どうも好きになれぬ。死ぬ覚悟がある奴だけかかって来い」

綸太郎が鋭い目になって腰を落とすと、頭目格の浪人が、ふんと鼻で笑って躍《おど》りかかってきた。次の瞬間、浪人の目の前から綸太郎の姿が消えたかと思うと、素早く背後に回って、首に小太刀を打ち落とした。

ゲッと血の固まりを喉《のど》から吐き出して、浪人はその場に倒れた。

他の浪人たちは恐れをなしたのか、無言のまま走り去った。そのうちのひとりが、折紙を握ったままだった。だが、綸太郎は深追いはしなかった。

わなわなと震えながらしゃがみ込んでいる中兵衛を見下ろして、

「欲を出すと、こういう目に遭う。せいぜい、娘さんに感謝して、骨董については、もう少し目を養うことだな」

と責めるように言った。

だが、中兵衛は粉々になった茶壺に這うように近づいて、

「ああ、百両が……百両が……」

と茫然と座り込んでいた。

九

綸太郎から報せを受けた植村は、無念そうに唇を噛んで、

「さようですか、折紙は浪人たちが……」

と喉の奥で唸るように言った。悔しさが溢れんばかりであったが、綸太郎は冷ややかな目で淡々と答えた。

「案ずることはありませんよ、植村様」

「む？」

「盗まれた折紙は、内海の旦那が取り戻していると思いますよ」

「そうなのか？」

「〝写し絵〟を盗んだ浪人を、追っていると思います」

「追っている……」

「はい。夕べ一晩、夜通しで、中兵衛さんの行き先を探していたのですがね、この江戸屋敷に来る前にハメを外したかったようで、品川で泊まったのが間違いの元でしたかねえ」

植村は不機嫌な面持ちで綸太郎を見やった。庭の片隅で焚《た》いている落ち葉の煙が目に染みて、痛いくらいだった。

「まったく……とっとと屋敷までくれれば、面倒に巻き込まれずに済んだのだ」

「そうですかねえ」

「ん？」

「どの道、植村様……あなたの手には入って来るのではありませんか？」

「どういうことだ」

「自分の胸に聞いてみて下さいな」

「…………」

「うちの峰吉が、最初にきちんと対応しておれば、あるいは余計なことは起こらなかったかもしれまへん。あなたの手元に、宝の地図がふたつとも入りさえすれば、それでよかったのですからな」

「そうだが？　一体、何を言いたい」

と植村は何事かというような口ぶりになって、綸太郎に尋ね返した。

それには何も答えず、中兵衛の娘から預かっていた〝写し絵〟を落ち葉焚きの中に放り込んだ。

「何をする！」

「私たち骨董の渡世では、〝写し絵〟は必ず焼き捨てなきゃならないんです。悪用してボロ儲けする輩が後を絶ちませんからねえ」

「よ、よせ……」

慌《あわ》てて落ち葉焚きに近づいた植村は刀を鞘《さや》ごと抜いて、燃えかすを払おうとしたが、一陣の風に煽《あお》られて炎の勢いが増した。思わず身を引いた植村の顔を掠めるように、〝写し絵〟は焼けこげてハラハラと飛び散った。

「ばかもの！　貴様、何ということを！　正気か、咲花堂！」

綸太郎は冷静に見ていた。

「そんなに慌てなくとも、どうせもう一枚の〝写し絵〟がなければ、お宝の在処は分からへんのでしょう？」

「お……おまえが今しがた言ったではないか、内海殿が浪人から取り返すと」

「内海の旦那が取り返すってことは、浪人が誰に雇われたかも分かるということや。そしたら、あんたは実にまずいのと違いますか？」

「なんだと……」

「黙って届けさせておけばよいものを……隠し財産は、国家老一派に奪われたことになるよう画策したかったのだろうが、それが仇《あだ》となったようだな」

「貴様……」

植村は不機嫌な面になって、漂う灰を被《かぶ》りながら振り返った。

「そもそも非常持ち出し金とやらは、幕政に使われるべきもの。それを藩主の後継問題に利用しようという魂胆《こんたん》がおかしいではありませんか」

「…………」

「いや。後継者の問題すらなかった。あんたと江戸留守居役の池田様が、自分たちの私腹を肥やすために〝写し絵〟を探していただけではありませぬか？　でなければ、他の家臣を使って調べてもよいはず。秘かに探す必要などありますまい」

「黙れ……貴様、たかが刀剣目利きのくせに我が藩を愚弄《ぐろう》する気か」

「あんたがどう言おうと、浪人が何処の誰兵衛か分かれば済む話」

と綸太郎は毅然《きぜん》と植村を睨み据えて、

「狙いは〝写し絵〟を得ると同時に、その秘密を知っている鬼三を消すことだった。違いますか？」

「…………」

「疾風の鬼三こそが、その〝写し絵〟を作った。鑑定書に見せかけて、巧《たく》みに隠し財産の在処を書き残していた。前藩主の密命でね……その存在を知った江戸留守居役の池田様とあんたは、口封じに鬼三をも殺した。だが、鬼三の手下が裏切って、隠し財産のことなど知らずに目ぼしい骨董を持ち出してあちこちに売ってしまっていた……でしょ？」

「何を証拠にそのような。私はただただ、藩のため」

「その話もいずれ、幕府から国家老へご下問があるのではありますまいか？」

「咲花堂……おまえは幕閣と繋がりがあるとでも言いたいのか」

「まさか。そんなことはありまへん」

目と目が合ったまま、綸太郎と植村はみじんも動かなかった。

やがて、内海が表門の外に駆けつけて来て、

「ご開門！　ご開門！」

と大声を発した。

その声は中庭にいた綸太郎と植村の耳にも届いたが、どちらも目を離さなかった。植村は音もなく鯉口《こいぐち》を切っており、綸太郎も小太刀の柄《つか》に親指をかけていた。ほんの一瞬だけでも目を逸《そ》らせば、斬りかかってくるのは明らかだった。

「ご開門願います！　北町奉行所定町廻り同心、内海弦三郎でございます！　申兵衛

なる者を襲いし輩を捕らえたところ、『桜屋』主人……いや、疾風の鬼三殺しも認めました！　そのことにつき、お話を伺いとうござる！　ご開門を！」

じっと聞いていた綸太郎は真剣なまなざしで、

「如何《いかが》いたします、植村様」

と問いかけたとき、渡り廊下に池田が立った。微笑を浮かべており、すでに十数人の家臣を引き連れていた。

「曲者《くせもの》じゃ。構わぬ、斬って棄《す》てぃッ」

池田が命じると、家臣たちはバラリと白刃《はくじん》を抜き払い、必殺の構えで綸太郎を取り囲んだ。その眼光は賊《ぞく》を仕留める覚悟に満ち溢れていた。

まだ、開門を求める内海の声は聞こえているが、門番は決して通さぬであろう。すぐそこに味方がおりながら、助けを求めることもできぬ綸太郎の額には、冷や汗が滲《にじ》んできた。

家臣の一人が裂帛《れっぱく》の気合いで踏み込んで来た。

ほんのわずかに見切って受け流すと、素早く小太刀を抜き払い、次に斬り込んで来た家臣の小手を打ち落とした。その家臣は悲鳴を上げて転倒した。

「斬れ、斬れい！」

さらに池田の声が轟《とどろ》くと、一斉に綸太郎に斬りかかってきた。まるで味方同士で相打ちになろうとも必ず殺すという剣である。できることなら斬りたくない。だが、

——もはや、何を言っても無駄やな。

と思った綸太郎は、相手が死んでも仕方がないと腹をくくった。

次々と襲いかかってくる家臣の刃をくぐり抜けながら、植村の側まで駆け寄ると、相手が抜く寸前に鯉口にかけていた指を刎《は》ねた。一瞬にして血しぶきが飛んだ。

植村は情けない悲鳴をあげながら、その場にうずくまった。

次の瞬間、ひらりと身軽に跳んだ綸太郎は池田の背後に立っていた。

思わず逃れようとする池田の襟首をつかんで引き倒し、喉元に小太刀の刃をヒタと当てると、綸太郎は耳元に囁《ささや》いた。

「池田様……私を殺したところで何にもなりませせぬぞ」

「は、放せ、無礼者」

「無礼はあなたではありませんか。茶壺の折紙を探させた挙《あ》げ句《く》、殺そうというのだから、開いた口が塞がりまへん」

綸太郎はぐいと切っ先を喉仏に滑らせて、

「それとも、物言えぬ人にしてあげまひょか。命を取ることだってできますよ。さ

あ、ご家来衆を引っ込ませて貰いましょうか」

「………」

「嫌なら、俺と一緒に死んで貰いましょうかねえ。さすれば、あなたも武門の一分が立ちましょう」

「なんだと？」

「言うたでしょう。松平定信様は近いうちに国家老にお話をして、幼い藩主の後見人には、前藩主の弟君を据えますでしょう。そもそも御家乗っ取りを謀《はか》り、藩政を我がものにしようとしていたのは、池田様……あなたではありませぬか？」

綸太郎に迫られて、池田は顔を真っ赤にしてやけくそ気味に突き放すと、振り返りざま抜刀した。そして、間髪《かんはつ》入れず綸太郎に斬りかかった。

──グサッ。

半拍の違いで、綸太郎の小太刀が池田の胸を突き抜いていた。急所を一撃で攻めたことで苦しみを軽くした。まったく何が起こったのか分からぬ様子で、池田はすうっとくずおれた。

それを目の当たりにした植村は、悲痛な声を洩らしながら逃げようとした。それを見た家臣たちも斬りかかってくることはなかった。

その日のうちに――。

公儀の手の者が香取藩の江戸藩邸に踏み込み、事後処理を施した。綸太郎が為したことには何のお咎めもないどころか、

『祝《しゅう》着《ちゃく》至《し》極《ごく》』

という言葉が、松平定信から届いた。

綸太郎が望まなかったこととはいえ、自《おの》ずと幕府が秘かに探索をしていた、御用金の行方が暴かれることになったからだ。〝写し絵〟の下書きが、鬼三の店内から見つかったおかげである。

一方、油問屋『雉子屋』では、中兵衛が骨董集めは懲り懲りだと、お亀に頭を下げていた。本業をもっと真面目にやろうと誓っていたのだが、これが最後の最後だと小《こ》堀遠州《ぼりえんしゅう》の茶碗を買ってきた。

「また、こんな……！」

お亀は腹を立てていたが、

「あの百両はお返しして、正当な値で引き取って貰い、その金でこれを……でも、これなら、きっと後で値打ちがあがる。だから、こうして、おまえの嫁入り道具のつも

りでだな……」

と懸命に喜ばせようとしたが、それが贋作であったことは、すぐに綸太郎によって明かされるのであった。

第二話　金色《こんじき》の仏

一

その幼子《おさなご》が桃路に連れられて来たのは、神楽坂咲花堂が早めの店じまいをしたときだった。またぞろ旦那衆《だんなしゅう》が集まって、『松嶋屋』で寄合《よりあい》を開くからである。

相変わらず峰吉は、ぶんむくれた毎日で、近頃は店にいてもろくに綸太郎と口を利かない。何が気にくわないのか、女が腐《くさ》ったようにぶつぶつと言っているだけである。かような喩《たと》えは女に失礼というもので、桃路をして、

「私は番頭さんのように腐ってはいない」

と、面と向かって言わしめたくらいである。

「へえへえ。どうせ、あたしは腐っても鯛《たい》でっさかいなあ。江戸前の雑魚《ざこ》とは違いま。ああ、早《はよ》う京に帰って、雅《みやび》な暮らしをしとうなった。へえへえ」

誰にともなく言っているので、綸太郎は頭がぼけてきたのではないかと心配するほどだった。仕方がないから、綸太郎は機嫌を直すように好物の桜餅《さくらもち》だの稲荷寿司《いなりずし》だのを買ってきては与えるのだが、よほど捻《ねじ》れてしまったのであろう。筋力の衰《おとろ》えた体と同じで、巻き戻る力もなくなったのかもしれない。

「どこの子や。小汚いのんを連れて来られては、書画骨董《こっとう》まで汚れてしまうよってな、誰彼、好き勝手に店に入れんといてや」

と関わりのない子供にも八つ当たりする始末である。綸太郎はそのような態度はどうにも許すことができないので、きちんと謝るように諭《さと》したが、それがまた気にくわないようで、

「ほなら、私も若旦那と同じように勝手気儘《きまま》に、ぶらぶらさせて貰いまっさ」

皮肉を言って店から飛び出していった。どうせ、行く当てなどないだろうが、自分にも色恋のひとつやふたつはありますと見栄《みえ》を張って出かけたのだった。

「困ったものや。まあ、元々、難儀《なんぎ》な奴やから今更《いまさら》、何とも思わへんが……それより、桃路、この子がどないかしたのか？」

綸太郎が見やると、まだ六歳くらいの男の子であろうか、継《つ》ぎ接《は》ぎだらけの着物を見る限りでは、あまり裕福《ゆうふく》ではなさそうだが、どんぐりのような目には力があった。利口そうに唇《くちびる》もキリッとしていて、いずれ一角《ひとかど》の人物になりそうな顔相《がんそう》だった。

名は、梅吉《うめきち》といって、神楽坂上にある赤城《あかぎ》神社脇の長屋で、草鞋《わらじ》職人をしている勝《かつ》蔵《ぞう》のひとり息子だという。母親を三年前に亡くして、その温《ぬく》もりもあまり覚えていないせいか、桃路のことを慕《した》っていた。刀剣や骨董とは縁のなさそうな子だが、綸太郎

に相談したいことがあるという。

「まさか、預かってくれなんてことじゃないやろな。いつぞやも、おまえの世話になった元芸者が産んだ赤ん坊が……」

「そんなんじゃないのよ。実はこの子、近頃、変なことばかりを言うらしいの」

「変なこと？」

「ええ。自分は、ある子の生まれ変わりだと言ってるんですよ」

毎日のように話しているので、勝蔵も気味悪いというくらいだという。

「生まれ変わり……またぞろ妙な事件を持ち込んで来るつもりやないやろな、桃路」

「さあ、それは旦那次第じゃないですか」

「どういう意味や」

「いつも言ってるじゃないですか。骨董には人の人生がある。俺が扱っているのは、ただのモノではなくて、そこにこもっている人の思いであるって」

「あ、ああ……何か骨董と関わりがあるのか？」

綸太郎が曖昧《あいまい》に頷《うなず》きながら、梅吉を見やると、桃路に促《うなが》されるように話し出した。

「おいら、前の世では亀戸天満宮《かめいどてんまんぐう》近くの平助《へいすけ》長屋に住んでたんだ。ああ、菅原道真《すがわらのみちざね》公を祀《まつ》ってる所のすぐ裏手で、境内《けいだい》の銀杏《いちょう》の枝が垂《た》れるように屋根の上にあったんだ」

菅原道真の子孫が、夢の啓示《けいじ》を受けて、太宰府《だざいふ》天満宮から勧請《かんじょう》して建立《こんりゅう》したもので、〝うそ替《かえ》神事〟という、凶事《きょうじ》を吉に変えることでも知られている。

梅吉は前世も梅吉といって、平助長屋の源七郎《げんしちろう》とお浜《はま》という夫婦の間に生まれた。

源七郎は、仏像を作るのが仕事で、阿弥陀《あみだ》如来、薬師《やくし》如来、観音菩薩《かんのんぼさつ》、文殊《もんじゅ》菩薩、普賢《ふげん》菩薩、不動明王《ふどうみょうおう》などさまざま作っていたという。如来とは真理を悟《さと》って人々を救うために西方浄土《さいほうじょうど》から来た人であり、菩薩は如来を補佐しながら衆生《しゅじょう》を救済する人のことである。

薄暗い仕事部屋で、金色の仏像をこつこつ作っている姿を、梅吉はよく覚えているという。仏像とは金色がふつうであった。金色相《こんじきそう》といって、仏は光そのものであると考えられていたからである。

「お父《と》っつぁんの仏像を買って行く人々は、みんな幸せそうな顔をしていた。なのに、お父っつぁんはいつも疲れた顔をしてた」

それほど懸命に仕事をしていたということなのであろうが、幼い梅吉から見た父親の背中は猫《か》のように丸まって、痛々しいくらいだったという。

「おっ母さんは、おいらを産んで産後の肥立《ひだ》ちが悪くて死んだらしい。で、お父っつあんも無理がたたったのか……死んでしまって、それから、おいらも家の近くにあった横十間川《よこじっけんがわ》で溺《おぼ》れて死んじまった」

「川で溺れて？」

「うん。石階段のところから、笹舟《ささぶね》を作って流してたんだけれど、それが流れないので、向こうへ押そうとしたら滑《すべ》って……おいら、金槌《かなづち》じゃなかったんだけれど、冬で水が冷たくて、びっくりして……すごく苦しくなったけれど、それからは……」

はっきりとは覚えていないという。しかし、目が覚めたのは、キラキラと眩《まぶ》しいくらい光る黄金の山の中だったという。時々、氷を踏《ふ》み割るような音がして、水のせせらぎも聞こえた。

「とっても気持ちがよくって、ちょっと眠たいけれど、なんだか胸があったかくなって、ほんわかした気分だった」

そこは極楽浄土《ごくらくじょうど》で、亡くなった父親と母親に再会したという。特に産んでくれた母親に会えたのは嬉しかったけれど、まだ三歳だった梅吉はもっと〝現世〟で生きて、大人になりたかったと話した。すると、源七郎とお浜は寂しい思いをさせて御免《ごめん》ねと謝ってから、梅吉が生まれ変われるようにと仏様に切々《せつせつ》と訴えた。

「だから、生まれ変わったと？」

　綸太郎が尋ねると、梅吉は当然のように頷いた。

「そのことが分かったのは、ついこの前なんだ。あの時……極楽浄土に行ったときに見た仏様が言ったとおりに、また生まれ変わることができたんだ……でも、今生《こんじょう》でも、おっ母さんとは早くに死に別れてしまった……おいら、とても辛《つら》い……この世に生まれるってことは悲しいことなんだなあ」

「そんなふうに思ってはいけない。仏様が生まれ変わらせてくれたのだから、梅吉とやら、おまえには生きなきゃならない意味があるのやで。感謝せんとな」

　梅吉の話を頭から信じたわけではないが、綸太郎はそう諭すように言った。

「前世のお父っつぁんが仏像を作る仕事やったから、ほんまものの仏様も願いを叶《かな》えてくれたのかもしれんぞ」

「あ、そうだ。その仏像のことで、お父っつぁん……前世のお父っつぁんが、生まれ変わったら、探してくれと言ったんだ」

「探してくれ？　何を……」

　綸太郎が不思議そうな顔になると、桃路が母親代わりのように答えた。

「源七郎さんは、その頃、あるお武家に頼まれて、阿弥陀如来像を作ったんですって。それが何者かに奪われたらしく、行方が分からないんだって」

「仏様を盗むとは、これまた罰当《ばち》たりな奴らやなあ」

「座像らしいんだけれど、その行方が分からないのだけが、源七郎さんの心残りだったらしいんです。だから……」

「現世に戻った息子に探せと？」

「ええ、まあ……そう言われたと、この子が言うんですよ」

ますます信じがたい話だが、今の父親の勝蔵の話によれば、本所《ほんじょ》の方には行ったこともないのに、その周辺のことや住んでいた長屋のこと、亀戸天満宮の境内の様子などを克明《こくめい》に覚えているという。町並みや路地の風景だけではなく、何処《どこ》にどのような人が住んでいたかも覚えているという。

三《み》つ子《ご》の記憶にそこまで残っていることの方が怪しいが、綸太郎も幼い頃の思い出が明瞭《めいりよう》に頭の中で蘇《よみがえ》ってくることがある。あながち法螺《ほら》をふいているとも思えなかった。

「で、俺にその仏像を探せ、とでも言うのか、桃路」

「そこまでは言わないけれど、この子の気持ちを整理させるためには、前世の父親の作った阿弥陀如来像を見つけることも大切かなあってね」

「うむ……」

「嘘か本当かはともかく、ちょっと綸太郎さんに力を貸して貰おうと思ってね。なんたって、人智の及ばないことを、あなたはよく分かってらっしゃるから」

「なんや、それ……」

綸太郎は梅吉に向き直って、

「なあ、坊主。それが、ほんまの話やったら、えらいこっちゃな」

「本当のことだぃッ」

「だったら、おまえが暮らしたという所、この俺にも案内してくれるかな。もしかしたら、盗まれた仏像とやらをみつける手がかりが分かるかもしれんし」

自信ありげに言う綸太郎を、梅吉は頼もしそうに仰《あお》ぎ見ていた。

日を改めて案内して貰うことを約束して、桃路が梅吉の手を引いて表に出ると、往来の激しい神楽坂の人波を縫《ぬ》うように、遊び人風の中年男が、まっすぐ突き進んで来た。その研《と》ぎ澄《す》まされたような目つきは、人を寄せつけぬ感じで、眉間《みけん》に残る傷跡が、さらに顔の険《けわ》しさを際立たせている。

男の姿を食い入るように見た桃路の目に、見送りに出てきた綸太郎は気づいた。ほとんど同時に、男の方も桃路の姿が目に飛び込んできたのか、驚いたように口をゆがめて、

「桃路……」

と呟《つぶや》くように声をかけた。

「せ、宣造《せんぞう》さん……」

宣造と桃路に呼ばれた男は、ふっと穏《おだ》やかな笑みを浮かべたものの、元気そうだなと一声かけただけで、特に懐《なつ》かしそうにするでもなかった。

「いつ、江戸に戻っていたんだい？」

桃路は探るような目で尋ねたが、宣造は急いでいる様子で、

「まあ、またいずれ会おう」

とだけ言って逃げるように坂上の方へ駆け出し、人波の中に紛《まぎ》れた。
二、三歩だけ追いかけて立ち止まった桃路は、まるで愛《いと》おしい人に再会したかのように切なげな顔で立ち尽《つ》くした。
「――誰なんだ、今の男は？」

綸太郎が訊《き》いたが、桃路の耳には届いていないようだった。もう一度、尋ねると、

「え？……いえ、何でもないですよ。ちょっとした昔の知り合いですよ。さあ、梅吉ちゃん、今日は帰ろうか」

と振り切るように言った桃路の横顔に、堪《こら》えきれないほどの激情が浮かんだのを、

論太郎は見逃さなかった。

二

「眉間に傷のある……？」

幇間《ほうかん》の玉八《たまはち》は、ああっと思い出して頷いた。

「桃路姐《ねえ》さんは、せんぞう、って言ったんですね、その男に」

「ああ、たしか」

論太郎は切なげな桃路の顔が脳裏《のうり》に浮かんだ。

「だったら、きっと宣造兄貴のことだ」

「兄貴？」

「姐さんのコレだったたから、俺にとっちゃ兄貴ってことかな」

「桃路にそんな男がいたのか……」

「あれえ？　天下の上条家の若旦那が芸者ごときに惚《ほ》れちゃいけませんぜ。ハハ、焼いてるんですかい？　ここだけの話だけどね、桃路姐さん、あれで結構男好きで、そりゃもう、上になったり下になったり……」

調子に乗ってふざける玉八に、綸太郎は突き放すように言った。

「もうええ。おまえにモノを尋ねたのが間違いやった」

「まあまあ、そう怒らないで」

「別に怒ってない」

「怒ってるじゃないですか。まあ、桃路姐さんのことが気がかりなのは分かりやすがね。若旦那にはもっと他にいい女がいるって。あんな金にうるさい女、旦那には似合わねえから、とっとと乗り換えた方がいい。アッ、こりゃまた失言だ」

と玉八はおどけて自分の額を掌でパンと叩いた。冷静な目で見ていた綸太郎はみじんも笑みを洩らさずに、

「桃路の間夫《まぶ》だったたってことは、今は別れてるってことやな」

「そんなに気になるんですかい？」

「……よかったら、そいつと別れたいきさつを話してくれぬか」

「若旦那、そいつはちょいと……」

「実はな、オコゼ」

「それは言いっこなしでしょ？」

玉八は顔が虎魚《おこぜ》みたいだから、芸者衆の間でも、幇間仲間からも、いや客からもそ

う呼ばれることがある。昔は遊び人だったのだが、桃路の気《き》っ風《ぷ》と度胸に惚れて、手下の真似事をしている。町中を肩で風切っていた頃から、宣造のことは知っているという。

「どういう奴なのだ？　まあ、桃路の元の男だっていうのが気にならないって言えば嘘になるが、それより……あの宣造という男の得体の知れない暗さが、どうも気になって仕方がないんだ」

「暗さ……」

「あの目はきっと……この世の地獄を見ている。そんな顔をしていた。桃路と別れたのなら、そのことも関わりがある。そう思ってな」

玉八は黙って綸太郎を見返していたが、小さく頷いて、

「さすがは若旦那……余計なことかもしれねえが、若旦那と桃路姐さんの仲だ。話したところで、別にどうってことはねえでやしょ」

「…………」

「あれはもう四、五年前になるが、桃路姐さんも売れっ子芸者として、あちこちでお座敷がかかるようになって、ちょいと天狗《てんぐ》になっていた頃でした。だから、嫌《いや》なお客には露骨《ろこつ》に嫌な顔をしたり、黙って中座したり、ときには啖呵《たんか》を切って客を追い返す

こともありました」

「ほう、あの桃路がな……まあ、そのケは今もあるが」

「ふつうなら、置屋のおかあさんや茶屋の主人に叱《しか》られて出入り禁止になるところだが、なにしろ稼《かせ》ぎ頭《がしら》でしたからね。みんな腫《は》れ物《もの》にでも触るような態度で」

「ふむ。桃路らしくないな」

「何が気にくわないのか、世の中がおもしろくなかったんでしょう。誰だって、そういうときもありますよ。座敷に出ないで、浅草《あさくさ》や上野《うえの》あたりの盛《さか》り場をうろつくようになりやしてね……そこで知り合ったのが、宣造兄貴で」

「………」

「弱きを助け強きをくじく。そんな宣造兄貴に、桃路姐さんはぞっこん惚れやしてね。どこへ行くにも、不忍池《しのばずのいけ》の水鳥みてえに、いつも一緒。誰もが羨《うらや》むほどの熱々《あつあつ》で、いずれ祝言《しゆうげん》を挙げることにもなってやした」

「祝言まで……」

倫太郎は心の片隅に、少しだけモヤッとしたものが広がった。

「ですが、宣造さんが、まあ浮気をしやしてね。あんな上等な女……あ、こんな言い方をしちゃなんですが、桃路姐さんみたいないい女がありながら、男には我慢のできねえ出来心ってのがあるんですかねえ、若旦那」

「さあな」

「桃路姐さんはカッときたんでしょうねえ。宣造兄貴のところに飛び込んで行って、切餅《きりもち》……二十五両の小判《こばん》を叩きつけたんですよ」

桃路は激情を露《あら》わにして、その場に居合わせた相手の女にも啖呵を切った。

「その金は、あたしからのご祝儀だ。綺麗《きれい》サッパリ忘れてやるから、何処か遠くへ行きやがれってんだ。二度と私の前にその面《つら》を出すんじゃねえよ」

それだけ言うと、桃路は振り切るように背を向けて下駄《げた》を鳴らして走り去った。その情景は今でも、玉八の目に焼きついているという。

「おまえも見たのか？」

「見たも何も……俺が止めたって、聞きゃしねえんだから」

「…………」

「でもね、その時、俺、宣造兄貴の顔をはっきり見たんだ」

「顔……？」

「ええ。何か桃路姐さんに言いたそうだったけれど、耐えるようにぐっと奥歯を噛《か》みしめるのをね……それが、桃路姐さんと宣造兄貴の最後です」

聞き入っていた綸太郎に、いつになく幇間らしくない真顔を向け、玉八は続けた。

「女は……おきんという岡場所の女郎《じょろう》だったんです」

「女郎……」

「っても、深川《ふかがわ》とか品川みてえな〝上等〟なものじゃなくって、〝けころ〟と呼ばれるチョンの間稼ぎの……まあ、哀《あわ》れな女ですよ。桃路姐さんはかなり貢《みつ》いでいたようだが、その金が女郎に消えていたんでやすからねえ……桃路姐さんが最後の最後に、身請《みう》け金を叩きつけたのは、女の意地だったんだろうよ」

桃路には少し岡惚れしていた玉八も、どこか悔《くや》しそうに湯飲みを握《にぎ》りしめながら、遠い日の出来事を思い出していたようで、

「けど……」

と何か言いかけて、口をつぐんだ。その淀《よど》んだ言葉を引き出そうとした綸太郎だったが、なぜか玉八は首を振って、

「いや……会わねえ方がよかったのによう……なんだかなあ……」

「他にも何か知っていそうやな」

「そうじゃねえ。ええ、そうじゃねえが、やっぱり桃路姐さんが哀れでよう」

誤魔化《ごまか》すように呟いて、目を逸《そ》らした。綸太郎はやはり、まだ何か隠していると感

じたが、黙ったまま聞いていた。

三

三日程の後、綸太郎はひとりで、赤城神社裏に住む梅吉を訪ねた。

境内では、子供たちが沢山遊んでいたが、その群れからは離れていた。どうやら、前世からの生まれ変わりという話が色々な形で伝わって、気味悪がられているようだ。

ぽつんと桜の木の下にいる梅吉に、綸太郎は近づきながら、

「約束通り来たぞ。俺を本所まで連れてってくれ」

と声をかけると、長屋の奥の部屋から、父親の勝蔵が出て来て頭を下げた。いかにも誠実で真面目そうな小柄な男で、

「うちのガキがとんだ奴でして……」

まるで悪いことでもしたかのようにへこへこしていた。綸太郎のことを寺子屋《てらこや》の先生か何かと思っているのであろうか。それは当たらずとも遠からずで、息子の奇行《きこう》を治してくれる人だと勘違《かんちが》いしていた。

「咲花堂のご主人ならば、倅《せがれ》に取り憑《つ》いた変なものを払ってくれると聞いて……へえ、刀とか骨董には使った人の怨霊《おんりよう》というか、そういうものが宿るとか……人もまた同じで、うちの息子には……」

勝蔵は、息子が一生懸命前世のことを話すのは、もののけが憑依《ひようい》しているからだと信じていた。

「もし、そうなら、俺の手には負えまへん。霊媒師《れいばいし》にでも頼んだ方がよろしかろう」

「え？　では、あなたには、治すことはできない……」

「前世の〝記憶〟があるということは、他にも色々な人から聞いたことがある。それは、治す類のものではないと思いますよ。それよりも、梅吉坊の気持ちをきちんと整えてやることです。自分でも混乱しているのでしょう。大人がちゃんと見極めてやらんとね」

綸太郎は事もなげに言って、この先、どうなるかは分からないが、梅吉の言うことをすべて受け入れてから、真実を探ればよいのではないかと勝蔵を諭した。

その足で、梅吉を連れて隅田川《すみだがわ》を渡り、竪川《たてかわ》沿いに歩き、旅所橋《たびしよばし》から横十間川の亀戸銭座《ぜにざ》の前を通り過ぎて、こんもりと樹木に覆《おお》われた亀戸天満宮に辿《たど》り着いた。

近在の人々からは、亀戸天神と呼ばれている。梅吉は前世に暮らしていた場所に近づくにつれて、なんとも懐かしそうな顔になって、周辺を見廻しながら、思い出話をした。まだみっつだったとはいえ、深い記憶は残っているものである。菓子《かし》屋があった、茶店があった、蕎麦《そば》屋があった、桶《おけ》屋があった、紺《こん》屋があった、湯《ゆ》屋があったなどと立て続けに言うのだ。

前世の梅吉が生きていたのは、もう二十年程前のことである。輪廻《りんね》をするにしては、短い年月だが、特別に仏様が許してくれたのだから、〝運〟がよかったのであろう。ともかく、梅吉は亀戸天満宮に近づくほどに、足が軽やかに速くなってきた。

天満宮の裏手には、平助長屋がまだあった。雨晒《あまざら》し風晒しで色あせてはいるが、何度かあった地震にも倒れることはなく、幾多《いくた》の修繕《しゅうぜん》をされて残っていた。

木戸口を潜《くぐ》った梅吉は懐かしさのあまり、喜びよりも感涙《かんるい》で、しばし茫然《ぼうぜん》と立ち尽くしていた。おそらく、すでにこの世にはいない父親と母親のことを思い出したのであろう。

長屋の真ん中あたりでは、何処にでもある風景だが、赤ん坊を背負ったおかみさん連中がベチャクチャとよもやま話に花を咲かせていた。そのひとりが、ふいに梅吉と綸太郎が立っているのに気づいた。洗いもので濡《ぬ》れた手をふきながら、

「どちらさんで？」

と訝《いぶか》しげに尋ねてきた。めったに訪ねて来る者もいそうにない長屋だ。綸太郎はちょこんと頭を下げて、

「この子のことで、ちょっと聞きたいことがありましてな……」

なんとなく上方訛《かみがたなま》りの綸太郎を、おかみたちは益々《ますます》、不思議そうに眺めていたが、奥から出て来た小太りの女が、

——アッ。

と目を凝らして、梅吉を見た途端、ほんの一瞬だけ凍《こお》りついたように立ち竦《すく》んだ。

しかし、次の瞬間、全身から力が抜けるような溜息《ためいき》とともに、

「う……梅吉ちゃん……!?」

と声をかけた。

もう四十がらみの女だろうか。その目には、梅吉と同じように銀色の涙が浮かんでいた。だが、梅吉の方はまだ誰だか理解していないようで、食い入るように凝視していた。

「お姉ちゃんだよ……鮎《あゆ》姉ちゃん……覚えていないのかい？」

実に懐かしそうに梅吉に近づいて来たが、梅吉の方は少し後ずさりした。それはそうであろう。前世にここに住んでいた子供だとはいえ、この世では前世の知り合いと

はまだ誰とも会っていないのだ。しかも、三つ子のことだから、覚えていないのではないか。

そっと梅吉の頰《ほお》を撫《な》でようとした鮎と名乗った女は、ハッと手を引いた。そして、我に返ったように改めて、梅吉と綸太郎を見やった。ほんの一瞬、何かに惑《まど》わされたような火照《ほて》った顔で、

「あら……私……どうしちゃったんだろう……なんなんでしょう……」

と首を振って、井戸端のおかみたちを振り返った。

おかみたちも鮎の亡霊にでも出会ったような態度を、少し驚いた目で見やっていた。そのうちのひとりが、鮎の手を引っぱって、

「どうしちゃったんだい、鮎ちゃん」

と愛おしむように優しく顔を覗《のぞ》き込んだ。

「え、うん……そんなはずないよね……まだ、みっつだったもんね……そんなはずないよね……しかも、もう二十年も前のことだし……そうよね、そうよね……」

自分を納得させるように胸に手をあてがいながら、鮎は一番奥の自分の部屋に戻って行った。その奇妙な女のことが気になっている素振《そぶ》りの綸太郎に、おつねと名乗るおかみが立ちはだかるように、

「また、鮎ちゃんを何処かへ連れて行こうってのかい？」

「え？」

「近頃、妙な輩《やから》が来て、時々、鮎ちゃんを連れ去っては、知りもしないことを、あれこれ聞くんだよ」

「……どういうことです？」

綸太郎が小首を傾げていると、疑《うたぐ》り深《ぶか》い目で、おつねは毅然《きぜん》と言った。

「あの人はね……鮎ちゃんは、ちょいとここが弱いんだ」

と頭を指した。それをよいことに、何か悪いことに利用する男もいたという。騙《だま》されやすいために、もっと若い頃は、悪所《あくしょ》に売り飛ばされたこともあったという。だが、大家が金で片をつけて、またこの長屋に引き戻したのだ。

——曰《いわ》くのある女だな。しかも、梅吉と関わりがあるとみえる。

綸太郎の脳裏にもやもやとしたものが、また広がって、長屋の有様を見廻していると、梅吉が思い立ったように、

「綸太郎さん、俺、その辺、ぐるっと歩いて来る。何かもっと思い出すかもしれないし。いいかなあ？」

「ああ、けど気をつけるんだぜ。特に、川や掘割はな」

「分かってる」

と言いながら駆け出そうとして、ふと空を仰いだ。

「あれえ？　天神様の銀杏の木がなくなってる。あんなに枝が広がっていたのに」

しみじみと残念そうにそう言ってから、飛び跳ねるように境内の方へ駆け出した。

「あの……」

おつねも何か妙だと感じたのであろう、綸太郎にどういう子だと問いかけた。すぐに答えてもよかったが、あの世から蘇ってきたなんぞといきなり話すと、それこそ頭が弱いと思われてしまう。

「俺は神楽坂で咲花堂という……」

骨董店をやっていると身元を話してから、改めて、先程の鮎という女のことを尋ねると、元来のお喋《しゃべ》り好きなのであろう、おつねは滔々《とうとう》と話し出した。

この平助長屋に、昔からいるのは、鮎だけだそうである。

十二の部屋があるのだが、他は入れ替わりがあって、最も古いつきあいなのがおつねだという。それでも、十年だから、二十年前からいる鮎には到底、及ばない。家主も先代から、息子に引き継がれている。

「鮎ちゃんのおっ母さんも、つい二年程前まで一緒だったけど、病になってこの長屋から葬式《そうしき》を出しました。お父っつぁんは、子供の頃からいないとか……まあ、頭は少し弱いとは言いながら、嫁にも行かず、ずっと病がちだったおっ母さんの面倒を見ていたんだから、ほんと偉いよ、あの娘は」

「長年、ここにいる訳が、何かあるのやな？」

「ええ……あ、言っておきますが、頭が弱いのは、生まれもってじゃないからね。あんなことがあったから……」

おつねは十年前に長屋に来たと言いながら、まるで見てきたように続けた。

「この長屋にはね、仏師がいて、阿弥陀如来などを彫《ほ》っていたんですよ。仏師といっても、こんな長屋にいたんだから、そんな偉い人じゃないと思うのだけど」

「いや。人に拝んで貰うものを作るのだから、どんな仏師でも、仏の心を大切にする素晴らしい人だと思うがな……それは、源七郎という男であろう？」

「え、ああ……どうして、そんな……」

驚くおつねをからかうつもりはないが、つい名のある仏師だと冗談《じょうだん》を言ってしまった。いや、冗談ではない。まだ源七郎が作った仏像は見ていないが、絶品かもしれぬ。

「で、その仏師が？」

「はい。おかみさんには先立たれたのですが、小さな子供を残したまま……盗賊か何かに入られて殺されたそうです」

「そして、仏像を盗まれた」

「そんなことまで⁉」

おつねはますます仰天《ぎょうてん》して、その先のことも知っているんじゃないんですか？」

「じゃあ旦那さんは、その先のことも知っているんじゃないんですか？」

「うむ。その仏師の子供が、近くの川で溺れたのは聞いた」

「聞いた？」

「ああ、梅吉本人からな。いや、本人というか……まあ、いい、それで？」

おつねは後ずさりするように身を少し引きながら、

「その梅吉の面倒を見ていたのが、今の鮎ちゃんなんです」

「面倒を？」

「ええ。お父っつぁんが非業《ひごう》の死を遂げたものだから、親がいなくなったでしょ。だから、鮎ちゃんが世話係をしていたんですよ。まだ、十五、六だったとか……お姉ちゃん代わりだったんですねえ。それこそ、赤ん坊の頃から、おしめまで替えていたんですから。なのに……」

と、おつねは同情の目になって、

「ある日、梅吉ちゃんを連れて遊びに出たとき……ちょっと目を離した隙《すき》に、川に落ちてしまったんですね、梅吉ちゃんが」

「………」

「溺れる梅吉ちゃんを助けようとして、鮎ちゃんも川に飛び込んだんだってよ……金槌だったのに、梅吉ちゃんを助けたい一心でね。でも、梅吉ちゃんは流され、鮎ちゃんは川の底で強く頭を打ったらしくて、それで……」

「そんなことが、な」

「梅吉ちゃんが亡くなって見つかったときには、それこそ気が変になって……長い間、自分を責めていたそうですよ。鮎って名なのに、泳ぐことも出来ないって」

倫太郎はその話を聞いて、胸が痛くなった。鮎という娘は長い年月、梅吉のことが心に引っかかったまま歳を取ったのだなと哀れにも思った。四十絡《がら》みに見えたが、本当はまだ三十半ばなのだ。重い辛さが老けさせていたのかもしれない。

──ならば、まず梅吉は、鮎さんに礼を言わねばならぬな。

ぼんやりと思った倫太郎は、梅吉を探しに亀戸天満宮の境内に行った。

四

俄《にわか》に曇《くも》った空を見上げて、綸太郎は嫌な予感がした。

ちょっと近くを見て廻ってくると離れた梅吉の姿が、どこにも見当たらないからだ。まさか前世と同じように、川に落ちたのではあるまいなと懸命に探した。境内のすぐ横手は津軽越中守《つがるえっちゅうのかみ》の屋敷になっており、白塀が続いているので、何処にも行く場所はない。

不動院《ふどういん》から、その先の光明寺《こうみょうじ》まで探し、柳島橋《やなぎしまばし》から天神橋《てんじんばし》まで、梅吉の名を呼びながら探したのだが、返事どころか影も見えなかった。

亀戸天満宮まで戻って来ると、ぶらり歩いている浪人が綸太郎の目に留まった。浪人者は黒っぽい着物と袴で、無精髭《ぶしょうひげ》であったが、特に印象に残る顔だちではなかった。ただ、なんとも言えぬ不気味なくらいの殺気が漂っていた。浪人の名は高津《たかつ》十郎《じゅうろう》というが、綸太郎が知る由《よし》もない。

「もし……」

綸太郎の方から思わず声をかけた。浪人は耳が聞こえぬのか、素知らぬ顔で通り過

ぎようとした。その前に歩み出て、

「お尋ねしたいことがあります。このくらいの子を見かけませんでしたかな」

と訊くと、浪人は眼を細めて首を振って、そのまま鳥居《とりい》の方へ向かおうとした。

「本当に見ませんでしたかッ」

わざと語気を強めた綸太郎を振り返った浪人は、

「さような坊主《ぼうず》は知らぬ」

と答えた。綸太郎はすぐさま腰の小太刀〝阿蘇の蛍丸〟の柄に手をかけた。相手は懐手《ふところで》のままだが、いつでも抜き払って斬るという鋭《するど》さが漂っていたからだ。

「坊主……？　俺は、このくらいの子としか言っていない。どうして、男の子だと分かったのです。ほんまは知ってますな」

「………」

浪人はほんのわずか、しくじったという顔になったが、無表情に戻ると悪びれる様子もなく、鳥居へ向かった。

「待てッ。あんた、何か知ってるな」

だが、浪人は歩みを止めることなく、堂々とした態度で離れて行く。綸太郎は苛立《いらだ》ちを覚えて、思わず駆け出そうとしたとき、

「綸太郎さん」

と声がかかった。梅吉の声だ。

振り向くと、本殿《ほんでん》脇の植え込みから、ひょっこりと顔を出した。

「これ、心配したやないか、梅吉……」

「本殿の下に猫がいたから、追いかけてたんだよ。ぐるっと廻ってみたけれど、やはり色々と変わっている気がする。昔と同じ所もあるけどな」

梅吉の話を聞きながら、綸太郎が鳥居を見やると、すでに浪人の姿はなかった。

「今の浪人、梅吉に何かしたか？」

「え、誰？」

「鳥居の方へ行った奴だ」

「分からない。誰？」

どうやら、梅吉の目には入っていなかったようだ。

だが、今の態度と気迫は只者《ただもの》ではない。かといって、梅吉とどのような繋がりがあるのかと自問すれば、皆目《かいもく》見当がつかない。綸太郎はただの思い過ごしかもしれぬと、梅吉の手を引いて長屋に戻った。

長屋の住人たちに、梅吉が前世は仏師の息子で、この長屋に住んでいたことを話し

た。俄に信じかねると訝しがる者が多い中で、鮎だけは、

「やっぱり、そうだったんだ。梅吉ちゃんだったんだね」

と長い間、恋い焦《こ》がれていた愛しい人と再会したように抱きしめた。

「ごめん……ごめんね……私のために、梅吉ちゃん、あんなことになっちゃって……」

「え？」

「覚えてないの？　鮎姉ちゃんだよ」

「鮎……」

「無理もないわよね。だって、まだみっつだったものねえ」

二人の妙な会話を綸太郎は微笑《ほほえ》ましく見ていたが、梅吉は不意にはっきり思い出したのか、ぎゅっとしがみついて、

「……本当だ、鮎姉ちゃんだ……おばさんになってるから、誰かと思ったよ」

「本当に分かるの？」

「うん。だって、匂いが同じだし、そのえくぼやほくろだって……」

みっつの子供が記憶しているようなことではない。しかし、何度も夢に出てくるお姉さんだと、梅吉は語った。だが、一緒に出かけたときに事故にあったことは、よく

覚えていない。

梅吉は前世の記憶を辿るように、鮎に自分が溺れたときのことを尋ねた。だが、その話になると鮎自身が苦しんで、なかなか喋ろうとはしなかった。目を離したことを激しく悔《く》いて、ごめんねごめんねと繰り返すだけであった。

しかし、梅吉がひとりぽっちになる前、つまり、盗人が入ったときのことを、鮎は覚えていた。

その晩は、梅吉がなぜか泣いてぐずっていたので、鮎の部屋に来て、一緒に寝ていたのであった。つまり、父親の源七郎はひとりだったのである。

そこに賊が押し入ったのだが、隣室の鮎は不審な気配を感じて、目が覚めたのだ。

「私は、ずっと梅吉ちゃんを抱きしめたまま、息をひそめていました。何か恐ろしいことが起こっていたことは、察知できましたから」

「何か争う声でも聞いたのかな?」

綸太郎がさりげなく問いかけると、鮎ははっきり思い出したのか、コクリと頷くと、低い声色《こわいろ》を真似て、

「ガキを殺されたくなきゃ、例の阿弥陀如来をとっとと渡しな。でねえと、親分は本当におめえの命を取りに来るぜ……って言ったんです」

と思い切ったように言った。

「阿弥陀如来……源七郎が彫ったものなのかい？」

「だと思いますが、よく分かりません」

「他に何を話してたのか、覚えてるかい？」

「……恐くて震えてましたから。こっちへ来たら、どうしようって。でも、そのすぐ後で、少しだけ争うような音がして、静かになりました……それからは、大した音もしなくなったのですが、ヒタヒタと足音だけがしたので、そっと障子戸《しょうじど》に指で穴を開けて見てみると……」

遠く向こうに、数人のならず者風の男たちが一団となって立ち去って行くのが見えたという。特に逃げている様子でもなく、静かに闇《やみ》の中に消えたのを、鮎はよく覚えていた。

それでも恐いので、梅吉を抱きしめたまま横になるとまどろんで、翌朝、目覚めると長屋の人たちが騒《さわ》いでいて、源七郎が刺し殺されていたのが分かったのだ。

当時の町方同心に、何度も尋ねられたが、見たこと以上のことは話すことができなかった。ただ、二親《ふたおや》がいなくなった梅吉のことだけが不憫《ふびん》で、どうしたらよいか、鮎なりに考えていた。まだ、母親が仕立物《したてもの》をして働いていた頃なので、

「うちで、預かるよ。鮎にも、よくなついているし」

と気軽に引き取ったのである。梅吉は父親が死んだという状況は分かっていたようだが、悪い賊に殺されたとか、阿弥陀如来が盗まれたという事件については、まだ理解できていなかった。

それでも父親がいなくなったことゆえの寂寞《せきばく》とした思いは込み上げており、ふだんは我慢していたが、時折、慟哭《どうこく》していた。鮎は何も言わずに、一生懸命に慰《なぐさ》め、泣くだけ泣かせてあげてから、一緒におふろに入ったり、御飯を食べたりするうちに、悲しみが薄らいだようだった。

そうして年の離れた自分の弟のつもりで可愛《かわい》がったが、程なく川への転落事故で亡くしてしまう。そのことで鮎は傷つき、

――自分は決して幸せになってはいけない。

と思うようになったのである。

そんな話をぼんやりと聞いていた梅吉は、何かを思い出したようにアッと声をあげて立ち上がった。

「川に落ちたんじゃない……落とされたんだ、誰かに」

「落とされた？」

綸太郎が聞き返すと、梅吉は目を輝かせて頷いた。

「でっかいおっちゃんで、熊みたいに大きくて、髭を生やしていて、恐かった」

「熊みたいな？」

「うん。とっても恐かった」

その言葉を聞いて、鮎も思い出した。

「そういえば……」

鮎が遠目に見た賊の仲間のひとりに、恐ろしく大きな人がいたという。鮎の記憶を俄に信じてよいかどうか綸太郎は疑わしかったが、どんなことでも拾い集めた方がよいと考えた。それが源七郎の仏像の行方に繋がるかもしれないからだ。

「もし、梅吉をその熊みたいな奴が落としたんだとしたら、鮎……おまえはもう悩むことはないのではないか？」

「ううん。それでも私が目を離したからいけないんだ、私が……」

「鮎姉ちゃん、それは違うよ」

「え？」

「おいらがいけねえんだ。お姉ちゃんが遠くへ行っちゃやだめだよって言ったのに、勝手に歩いて行っちゃったから……」

お互いを庇《かば》い合う梅吉と鮎を見て、綸太郎は本当の姉弟《きょうだい》のような気がしてきた。もっとも、今は親子ほど年の離れた姿なのだが、そこには互いを気遣う姉弟の幻影《げんえい》が浮かんでいた。

五

その夜——。

鬱蒼《うっそう》とした亀戸天満宮の境内を、提灯《ちょうちん》を提げたひとりの裕福そうな商人が通り抜けようとしていた。丁稚《でっち》を連れているが、荷物を抱えているので、主人の方が提灯を持っていた。

すっと闇が揺れて、ふたりの目の前に、黒い人影が現れた。

「⁉——」

商人が提灯を掲げると、黒っぽい着物の遊び人風の男が浮かび上がった。

それは宣造だった。手拭いで頰被《ほおかむ》りをしているが、眉間の傷がくっきりと見えた。

「長崎《ながさき》屋さん……ですね」

言葉遣いは丁寧だったが、腹の底から湧《わ》き起こるような声は、何か一物を含んでいる物言いだった。

「なんですかな、かような所で……」

怯《おび》える様子もなく、長崎屋と呼ばれた商人も毅然と睨《にら》み返した。

次の瞬間、宣造の手に匕首《あいくち》が光った。長崎屋は思わず後ずさりをしたが、宣造は山犬のようにひらりと躍《おど》りかかり、胸にズンと匕首を叩きつけた。

「うぎゃあ！」

と長崎屋は悲鳴を上げて仰向けに倒れた。提灯がふわっと飛んで、腰を抜かしている丁稚の前に落ちた。燃え上がった提灯の炎がカッと目を見開いて死んでいる主人を照らしたので、丁稚は這《は》いずって逃げようとした。

だが、人の気配がしたのか、宣造は丁稚には手を出さずに、そのまま駆け逃げた。

この事件は翌朝、すぐさま町方が調べはじめ、綸太郎の耳にも入った。

というのは、殺された長崎屋は名を銀兵衛《ぎんべえ》といって、綸太郎とは取り引きはないものの、生業《なりわい》は骨董商だったからである。

北町奉行所定町廻り同心の内海弦三郎は、弁吉《べんきち》たち岡っ引を使って、徹底した下手人《げしゅにん》探しをしていたが、あちこちを調べた後、神楽坂咲花堂まで辿り着いた。

「またぞろ、面倒なことだな……おまえ、昨夜、亀戸天満宮あたりに行っていたそうだな。ああ、言い訳はよい。本所方に頼むまでもなく、俺がこの足で聞き込んできた」

「別に言い訳なんぞしまへん」

「たまさかだと言うのか？」

「へえ」

「行く先々に難儀ありってところだな。だがな、知らぬ存ぜぬは通らぬぞ」

「どういう意味です？　俺はほんまに何も……」

「長崎屋のことは知っておろう」

「ですから、店の名くらいは」

「正直に申せ。裏稼業《かぎょう》も承知しているのではないか？」

「……もしや、骨董商の暖簾《のれん》は隠れ蓑《みの》で、本当は高利貸しをしてるってことですか」

「よく知っているではないか」

睨《ね》めるような目つきで綸太郎に近づくと、少し声を低めて、

「しかも、殺された銀兵衛って奴は、〝十一《といち》〟という恐ろしく高利で貸し付けては、強引な取り立てをしていたっていうじゃねえか。お陰で夜逃げや、一家心中を余儀なくされた者もいる」

「では、内海の旦那は、怨《うら》みを持った者がやったことだと？」

「うんにゃ……心臓をズンと一突きでやってんだ。その筋の玄人の仕業《しわざ》だろうぜ」

「殺し屋がしたとでも？」

内海は当然だとでも言うように頷いて、

「銀兵衛と同行していた丁稚の話では、ここんところに、刀傷のようなものがあった……ってことだ」

と眉間を指した。

「暗い上に頬被りをしていたから、顔だちははっきりと覚えていないが、提灯灯りに浮かんだ眉間の傷だけは、紫がかっていて妙に鮮やかだったので、よく覚えてるとな」

綸太郎の脳裏に俄に蘇る顔があって、思わずハッと目を見開いた。

——あの男……。

先日、咲花堂の前で桃路と少しだけ言葉を交わして立ち去った奴の顔が浮かんだのだ。その宣造という桃路の昔馴染《なじ》みの男の顔にも、印象に残る眉間の傷があった。だが、まさか同じ人物とは信じがたい。

「やはり、何か知っているのだな？　実態はどうであれ、同業者が死んだのだ。どんな小さなことでもいいから、喋ることったな」

と内海は責め立てるような目を向けたが、綸太郎は宣造のことを話す気にはなれなかった。下手に誤解されて、内海の強引なやりくちで、下手人に仕立て上げられるかもしれないからである。

――一度、桃路にじっくりと聞いてからでも、遅くはあるまい。

と思ったまでだ。だが、内海とは江戸に来てからのつきあいだ。綸太郎の表情を見て取るや、何か含むものがあると勘づいたようだった。


その頃――。

両国橋《りょうごくばし》の下をゆっくりと川下に流れる屋形船があった。

秋の風が涼しく、わずかに色づいた紅葉《もみじ》がちらほらと川面《かわも》に鮮やかだった。しかし、晴れ渡った空の下を優雅に流れる屋形船の中で、胡散臭《うさんくさ》い話がされているとは、誰しも思わないであろう。

身分の高い侍は駕籠《かご》に乗ることが許されており、その顔もやたらめったら見せることは憚《はばか》られていた。ゆえに、幕閣や江戸詰の諸藩の家老諸役などは、頭巾《ずきん》をつけることが多かった。

この屋形船の中にも、頭巾を取らないままの身分がありそうな侍がいた。

その侍は、おもむろに懐から十枚ばかりの小判を取ると、向かい合って座っている宣造にぞんざいに投げ出した。

宣造は己の誇りが傷つけられたのか、ギラリと睨み返した。その目つきが気にくわなかったのであろう、頭巾の侍は野太いくぐもった声で、

「なんだ……それでも不服だと言うのか」

「いいえ、決して」

「ならば、素直に取れ」

傲慢《ごうまん》な口調で命じられた宣造は、ゆっくりと頭を下げて、丁寧に小判を数えてから、自分の財布にしまった。

「宣造……何故、丁稚を見逃した。おまえの顔を見たのであろう?」

「私が御前様から請け負ったのは、長崎屋銀兵衛の命を取ることでございます。丁稚まで殺す約束はしておりませぬ」

「愚《おろ》か者めが。さような甘いことをぬかしておると、おまえの素性がバレよう。いや、それだけではない。儂《わし》のことも……」

「案ずるに及びません。私が何処の誰兵衛か分かろうとも、決して御前様に累が及ぶ

ようなヘマはいたしません。丁稚も私のこの眉間の傷のことは覚えていたようですが、顔までは……それに、御前様……」

と宣造は手酌《てじゃく》で酒をぐいとやってから、

「あっしが手をかけるのは、阿漕《あこぎ》な悪党だけに限る……そう断っているはずですぜ。丁稚はただ一緒にいただけ。その命まで虫けらのように奪うような冷酷な心は、あっしは持ちあわせておりやせん、へえ」

「生意気なことを言うな。そのつまらぬ情けとやらが、己の命取りになる。ゆめゆめ忘れるでない」

「………」

宣造はもう一杯飲むと、杯《さかずき》を被せるように置いて、船頭に声をかけた。

「何処か、船着き場につけてくれ」

承知しやしたと船頭から声が返って来ると、頭巾侍は宣造をまじまじと見て、

「ところで……女房の塩梅《あんばい》はどうだ。おまえも色々と苦労をしたようだが、まあ、せいぜい可愛がってやることだな。余命、幾ばくもないのだからな」

宣造は何か言い返そうとしたが、ぐっと我慢するように飲み込んで、そのまま無言で障子窓をあけた。

ほんの一瞬、目に眩しい光が射《さ》し込んできた。

思わず手をかざした宣造は、水面に散らばる紅葉に目を落として、短い溜息をついた。

六

どこをほっつき歩いているのか、今日も峰吉は、店に帰って来なかった。近所の者の噂《うわさ》に聞いたところでは、坂下《さかした》の赤提灯で知り合った、『喧嘩《けんか》堂』という〝よみうり屋〟の女に入れあげているとのことである。

名は、お丁《ちょう》といって、丁半博打《ばくち》が好きだった父親がつけたというが、まあハッキリとした性格らしい。

女だてらに〝よみうり屋〟として、江戸中を所狭しと飛び歩いているようだが、店の名のとおり、不正を見つけては、きちんと喧嘩をするという正義感丸出しの女だという。

峰吉はその気っ風の良さに惚れて、その女がよく出没する店に出向いて、あれこれと話をするのが楽しみだというのだ。それでも芸者に金を注ぎ込む綸太郎よりも、ずっとましなことやと、峰吉は誰彼《だれかれ》なく言いふらしているという。

「ほう……そんなに別嬪《べっぴん》なよみうり屋さんなのか」

噂話を仕入れてきた幇間の玉八に、綸太郎が念を押すように訊いた。

「へえ、そりゃもう絶世の美女ってなあ、ああいうのを指すんだろうなア。若旦那でもコロリと行くかも」

「桃路よりもか」

「比べものにならねえやな……って言ったら姐さんが可哀想《かわいそう》か。あ、そういや、若旦那、例の一件ですがね。姐さんに長崎屋を殺した男には、眉間に刀傷があったって話をすると、物凄《ものすご》く顔色が変わったんですよ」

「やはりな……俺があの時、感じた宣造とやらの暗いまなざし……もしかして」

「若旦那。もしかしてって……」

「長崎屋を殺した奴は、宣造かもしれんてことや。眉間の傷だけで断ずることはでけへんが、嫌な予感がする」

「……たしかに、長崎屋は、咲花堂とはまったく違うけれど骨董屋で、高利貸しで……まさか、長崎屋から大金を借りていて、宣造兄貴が踏み倒したとしたら……いずれにせよ、臭いのは宣造兄貴ですねえ」

「うむ……手がかりは、長崎屋の店にある証文の中にあるやろな。内海の旦那もそれに気づいて、手配りしてたらしいが、屋敷内からは見つかってないらしい」

「あの旦那はけっこう抜けてるからな、肝心なことを見逃すときがある……もしかしたら、銀兵衛とやらは、誰にも気づかれない所に隠してるのかもしれねえ。どうせ、まっとうなことをしてねえんだからな。よしッ」

玉八はいきなりポンと胸を叩くと、

「ここん所は俺に任せて貰おうか。ちょちょいと手に入れて来ますよ。別に昔取った杵柄《きねづか》じゃねえが、まあ、それに近いことはやってたし、若旦那はドンと構えてて下さい」

「おいおい。俺は別にそんな……」

「いいってことですよ。桃路姐《あや》さんと宣造兄貴のことが気がかりなんでしょ？　万が一、宣造兄貴が、長崎屋を殺めたなんてことになったら、それこそ桃路姐さんもひっくり返るでしょうからね。そうじゃねえって証を、あっしが……」

倫太郎が呼び止める間もなく、玉八はまるで忍びの者のような素早さで立ち去った。奴の元気はどこから来るのか、時々、不思議に思うことがある。

その夜のことである。

黒装束の玉八の姿が、長崎屋の裏口に立った。

ひらりと塀を跳び越えて行きたいところだが、そのような脚力はない。縄ばしごを掛けるのに、何度も失敗して、ようやく這いずるようにして塀の上に登ったかと思ったら、庭にドテンと落ちた。

「う、うぐッ……」

したたか腰と背中を打って、息が苦しくなって踠《もが》き、起き上がるのがやっとだった。膝もガクガクとなって、とんだへなちょこな忍びである。それでも必死に息をひそめて、母屋《おもや》に向かって進んだ。

音を立てずに雨戸を開けるのが難儀である。そのために小便をかけたりするのだが、玉八が着物をめくったとき、雨戸に目をやると、わずかに切り傷があって、少しだけ開いている。

「？……」

隙間に手を滑らせて引くと、音もなく開いて、するりっと中に入ることができた。

廊下があって、その奥が座敷になっている。床の間に山水画の掛け軸があって、それが微妙に傾いているので、玉八は気になって手で触れてみた。すると、その掛け軸は音もなくずり上がり、さらに奥にあった小さな隠し棚が露《あら》わになった。

「おおッ……」

隠し棚ならぬ〝棚ぼた〟に、玉八は自分でも驚きながら、観音開きの棚を開けてみた。そこには、どっさりと証文の束が積み上げられていた。

「へへ、これこれ……」

玉八の手がガッと証文の束をつかんだのとほとんど同時に、遠くで物音がした。

「！……」

証文の束を懐に押し込んだ玉八は、慌てて近くの押し入れの中に隠れた。息をひそめて体を丸めながら、わずかに開いている隙間から見ていると、浪人とならず者風の男のふたりが乗りこんで来た。

綸太郎と亀戸天満宮で会った高津とその手下の鮫三《さめぞう》である。

「探せ。どこかに隠しているはずだ」

高津が命じると、鮫三は蠟燭《ろうそく》を掲げて、部屋中を歩き回っていたが、ゆらゆらと掛け軸が揺れているのに気づいて捲《めく》った。隠し棚を見つけてアッと声をあげると、

「旦那。先客がいたようですぜ」

「なんだと？」

「ほら、これを見ておくんなせえ。銀兵衛は死んでるし、他の店の者が持って行くとは考えられねえ。こりゃ、もしかして……」

「俺たちの他にも、あのことを知っている奴がいるってことだ」

「くそッ。俺たちよりも先に誰が！」

鮫三がドンと蹴《け》った襖《ふすま》の奥で、玉八は震える体を自分の腕で押さえながら、じっと我慢をしていた。こいつらが一体何を探しているのか見当はつかないが、見つかれば殺されるに違いない。玉八はぐっと奥歯を噛みしめて、息も吐《つ》かずに座っていた。

だが、我慢をすればするほど、人間というものは緊張するものだ。そして、緊張の度合いが過ぎると、思いもよらぬことが起こる。

――ブリッ。

と屁《へ》が洩れてしまったのだ。あっとなった玉八だが、もはや逃れることはできなかった。それでも耐えていればよかったが、屁の音に驚いたのは自分自身で、ゴツンと壁に頭を打ちつけたがために、高津たちにバレてしまったのである。

サッと襖が開いた途端、玉八は「うわあ！」と叫びながら体当たりして逃げた。高津と鮫三の方も吃驚《びっくり》して、身構える間もなく、啞然《あぜん》と玉八を見送った。

「お、追え！」

高津が声を発すると、鮫三の方が匕首を抜き払って駆け出した。

玉八は中庭を突っ切って、来た塀の下まで戻ったが、縄ばしごは向こう側にあるだけだから登ることはできない。すぐそこまで鮫三が駆けて来るのが、闇の中でも見える。

「びびることはねえ。俺だって、ちょいとくれえ顔の知られた遊び人だったんだ」

と気合いを入れたものの、どっさりと懐に証文を抱え込んでいるので、思うように体が動かない。そのまま店の方へ駆け抜け、手当たり次第に、鮫三に行灯《あんどん》や壺《つぼ》などを投げつけながら逃げた。

表に飛び出すと、表通りに駆け出て、そのまま自身番の方へ向かった。

番小屋にはまだ灯りがともっている。玉八は一気呵成《いっきかせい》に走って行き、表戸を叩いたが、中から返事はない。しかし、自身番に駆け込まれてはまずいと思ったのであろうか、追って来ていたならず者の姿は消えていた。

それでも、玉八は、
ドドドン――。

と、激しく番小屋の扉を叩き続けた。長崎屋に忍び込んで来た者のことは、内海に話さねばなるまい。そして、隠し棚から取り出して来たものを渡すつもりだ。

だが、灯りがついているにも拘《かか》わらず、扉は開きそうにない。たまらず玉八の方から開けようとしたが、心張《しんば》り棒がかけられているのか、びくともしなかった。

そのとき、背後から、足音が近づいてきた。

驚いて振り返ると――。

提灯を掲げて近づいて来たのは、宣造だった。

「あっ……兄貴……!?」

思わず玉八が声をかけると、宣造は訝しげに灯りをかざして、

「おう、これは玉八じゃねえか。なんでえ、その格好は」

黒装束に頬被りのままなので、盗人と疑われて当然であった。玉八は言い訳をすることもなく、思わずしがみつくように宣造に問いかけた。

「兄貴。まさか、兄貴が長崎屋を殺したりしてねえでしょうね」

「なんだ、藪《やぶ》から棒に」

と言いながらも、宣造の頬がピクリと動いた。

「兄貴のような眉間に傷のある男が、長崎屋銀兵衛って男を殺したって、その店の丁稚が証言したらしくて」

「ふうん。知らねえな……それより、おまえこそ、そんな格好で何をしてんだ。大概《たいがい》

の悪さをしてたのは知ってるが、押し込みとは穏やかじゃねえな」

「本当なんですねッ。本当に、長崎屋殺しとは関わりねえんでやすね」

「ああ。知らねえな……」

宣造が首を横に振って、何かを続けかかったとき、

「どうしたのですか、おまえさん」

と、今度はまた違う方から、女の声がかかった。闇に溶けそうなくらい地味な着物で、足が悪いのか杖《つえ》をついている。

「何をしてる、おきん……こんな所まで出てきたりしちゃ危ないじゃねえか」

「大丈夫ですよ」

「さあさ、帰ろう帰ろう。夜風は体に悪い。鳥鍋《とりなべ》でも作ってやっから、一緒に食って温《ぬく》もろう、な」

労《いたわ》るように女の肩を抱いて、路地裏にある長屋の方へ向かいながら、

「ごらんのとおり、また江戸で暮らしてる。改めて、挨拶《あいさつ》するから今日のところはここで……玉八。おまえも大した幇間になってることは聞いてる。せいぜい頑張るんだな、桃路のためにも」

と言った。そして、軽く頭を下げると、薄暗い路地に消えた。玉八からしてみる

と、昔の喧嘩っ早いギラギラしていた宣造とは違って、柔《やわ》らかい物腰になっているのが、なんだか拍子抜けだった。

――おきん……とか呼んでたが……あの時の女郎か……。

はっきりとは顔も覚えてはいないが、玉八の胸中には、得体の知れない不安感が広がった。宣造は長崎屋殺しについては関わりないとキッパリと否定をしたが、あまりにもあっさりとした態度だったのは気になった。

「本当に関わりなきゃいいが……桃路姐さんに迷惑をかけたくねえからな」

玉八はぽつりと呟いて、二人が長屋に入って行くのをぼんやりと見ていた。

七

咲花堂の二階に広げられた証文の束を、綸太郎は一枚ずつ調べていた。まるで、折紙の贋物でも探すかのような目つきだった。

「若旦那。あまり深入りせずに、内海の旦那に任せた方がよかありやせんか？」

「その方が、いい結果が出るならな」

「出ませんよねえ。あの旦那じゃねえ……」

玉八は納得しながら、証文に記されている借り主の名前や額を口に出しながら、証文を捲り続けた。三両二分……五両……二両……十両三分……と読み続けていて、アッと目を見開いた。

「に……二千両⁉」

ハッとして玉八が差し出した証文には、借受人として、『烏帽子《えぼし》屋』という味噌《みそ》問屋の名があった。変わった店の名前だけに余計目についたのだが、綸太郎が驚いたのには、もっと訳がある。

神楽坂の商人ではないが、『もずの会』に時々、出入りしているからである。料理茶屋の松嶋屋主人の紹介で来るようになったのだが、どことなく如才《じょさい》のない男で、綸太郎はあまり好きになれなかった。

「松嶋屋さんに色々と取り入って、江戸の主立った料理屋に味噌を卸《おろ》しているだけではなく、近頃は、大奥御用達《ごようたし》の看板も手に入れたそうな。ああ、そっちの方の話は、俺にもあれこれ入ってくるのでな」

「たしかに、なんか胡散臭いでやすねえ」

玉八はそれも調べてみようかと言ったが、これ以上は危険なのでやめておけ、と綸太郎は止めた。それでも玉八は、桃路とも関わりありそうだから、自分の手できちんと始末をつけたいと言った。

「あの時、屁さえひってなければ、もうちょっと踏ん張って、奴らの正体をつかめたかもしれねえんです。いや、踏ん張ったから洩れたんだっけな」

「何の話だ」

「いや、つまらねえ話で、へえ」

と頭を掻《か》いて、どのみち『烏帽子屋』という御用商人は調べてみなければなるまいと、玉八は言った。

「それと、若旦那……逃げている途中に、兄貴に会ったんです」

「兄貴？」

「旦那が店の前で見たっていう、宣造兄貴ですよ」

「ん？」

「兄貴が現れたから、やべえ奴らから追われなくて済んだようなものだが……ちょいと気になることがありやしてね」

「気になること？」

「へえ。『長崎屋』の近くにある自身番の裏手の長屋に住んでやしてね、この前話した遊女と一緒だったんで……」

と話しはじめたとき、コトンと物音がした。

「峰吉か？」

と綸太郎が声をかけると、階段の所には、いつの間に来ていたのか、桃路が立っていた。左褄《ひだりづま》を持って、少し困惑したようなまなざしで、

「綸太郎さん、不用心ですよ。しかも、こんな真夜中に……」

「桃路、聞いていたのか？」

「え、何をです」

惚《とぼ》けているのか、いつもの陽気な笑みを洩らして、

「峰吉さんたら、今日も坂下の『おたふく』って赤提灯で、へらへらしてますよ、よみうり屋の娘さんと」

「勝手にさせとけ。それより、桃路……」

桃路は峰吉がいないから御飯に困っているだろうと、松嶋屋から懐石料理の余り物を重箱に詰めて、持ってきてくれたのだ。

きちんと話をした方がよいと綸太郎は思って、桃路を座敷に呼び込んだが、

「何を調べてるのか知らないけれど、まあ、せいぜい頑張って下さいな。じゃあね」

と滑るように階段を下りて帰った。

「おい、桃路……」

追いかけようとしたとき、アアッとまた玉八が声を上げた。また大金を借りている奴がいたのかと振り返ったが、今度はそうではなかった。

「若旦那……こんなものが……」

と見せた証文には、こう記されていた。

『平助店仏師・源七郎十五両』

それを凝視した綸太郎も、啞然となった。梅吉の前世の父親の名だったからである。日付もその当時のもの、二十年前だった。

「これがあるってことは、金を返してねえってこってすよねえ」

「どういうことや……たまさか、『長崎屋』から借りていただけとは思えぬが……」

源七郎とも何か繋がりがあることは確かのようだ。

「あっ……ならず者と一緒に、浪人もいたと言うたな、長崎屋の座敷で」

「へえ」

綸太郎は亀戸天満宮でも、怪しげな腕利きの浪人がいて、明らかに梅吉と接触しようとしていたことを思い出していた。

「やはり、何かあるな……」

秋の夜風が、障子窓の隙間から音もなく忍び込んで来ていた。

八

月明かりのせいで、夜空に刷毛《はけ》ではいたように広がった雲が見える。

宣造の長屋はひっそりと静まりかえっていた。

闇の中から現れた芸者姿の桃路は、少しほろ酔《よ》いで、足下がおぼつかない様子だが、すうっと背を伸ばすと思い切ったように、表戸を叩こうとした。

だが、その手が止まった。

——やはり、よした方がいい。今更、会って、どうしようというのだ。

と踵《きびす》を返そうとしたとき、中から戸が開いて、出て来たのは宣造だった。

「！」

桃路は驚いたが、宣造の方は違う輩《やから》が来たと勘違いをしていたのか、木刀を手にしていた。そのことには触れず、

「やはり、ここだったんだねえ」

と桃路は訊いた。

「……どうして分かった。玉八がぺちゃくちゃ喋ったか。ま、それが商売だから仕方がねえってか？」

その時、家の中から、女の声がした。誰か客が来たのか尋ねたのだ。表戸の内側の障子戸が開いて、足が悪いので這うような格好で出て来たのは、おきんだった。

「どなたかしら？　中に入って貰えばいいではないですか。私のことなら、そんなに気遣いしなくて結構……」

と言いかけて、おきんはアッと声にならない驚きで、桃路を見た。お互いに、ほんのわずかではあるが、炎が燃えるような激しい視線がぶつかった。

「桃路……話は表でしようじゃねえか」

くるりと背中を向けて、宣造は近くの掘割まで歩いた。桃路もおきんに軽く会釈《えしゃく》だけをして追いかけた。

「ちっとも変わらねえな、おまえは」

「……あんたもね」

「ふん。よく言うぜ。変わったのは俺自身が一番よく知っている。何もかも、がらりと変わっちまった。おまえに小判を投げつけられてからな」

「──！……」

「今も人から、金を投げつけられる暮らしぶりだよ……ま、これも自業自得ってところだがな、怨んでなんかいないから、安心しな」

自嘲《じちよう》気味に笑みを浮かべた宣造の寂しげな横顔に、桃路はふいに昔の思い出が蘇った。当てもなく、ぶらぶらと隅田川沿いの道を歩いたり、浅草寺《せんそうじ》や不忍池あたりで一緒に時を過ごしたときのことをだ。

「宣造さん……いつ江戸に帰って来てたんだい？」

「半年程前だ」

「まさか……知らなかった。あの人、体が悪そうだね。まさかあんなふうに……」

「すべて俺のせいだ」

「え？」

「流れ流れて、東海道《とうかいどう》を西へ向かったものの、掛川《かけがわ》あたりで俺が病に倒れてな。おきんは薬代のために色々なことをして働いた……あ、いや、もう春をひさぐことはさせなかった」

「………」

「けど、川船の人足まがいのことをしたから、元々、強くない体だ……俺の病が治った頃には、おきんの方の体が弱くなってな……心の臓を傷《いた》めたので、そのせいで足や目も悪くなったんだ」

「そんな……」

「別に、おまえには関わりないがな。いや、むしろ、あの女を選んだバチが当たったんだ、ざまあみろと思ってるんじゃねえのか？」

「馬鹿なことを言いでないよ」

「じゃ、どう思ってるんだ。何のために、俺に会いに来たんだ」

「…………」

「まあ、いい。おきんは俺のせいで、ああなった。だから、一生面倒を見るのは、当たり前のことだ。だけどな……」

宣造は苦々しい顔になって、深い溜息をつくと、

「なかなか治らない難しい病だから、医者にかかるには金がかかる。薬代もな。だが、あの女は俺がなんとしても、治してやる。どんなに金がかかってもな」

「そうね……それを聞いて、私もちょっと安心した」

桃路が真顔のまま言うと、宣造は訝しげに振り向いた。

「どういうことだ？」

「あんたが、おきんさんを見捨てるような真似をしたら、私が許さない。そう思っ

た。だって、私よりも大切な……大切な女の人だったんだから」

「桃路……」

掘割沿いの道を再び歩き出した宣造は、遠い目になってしみじみと語った。

「おきんは可哀想な女だ……あいつは、俺と幼馴染みでな、博打好きの親父のせいで、深川に売られたんだ。十二の頃だ……俺は助けてやることができなかった。だから、おきんがいる岡場所を知ったとき、どんなことをしてでも助けたい、苦界《くがい》から救ってやりてえと思った。それが……小さい頃に交わした約束だったからだ。おきんと俺の……」

遊女に入れあげていたわけではなかったのだ。宣造は言い訳ではなく、それが事実だと語ったのである。

「おまえは、桃路は……俺がいなくとも、自分ひとりで幸せになれる女だと思った。だが、あいつは……」

桃路は黙って聞いていたが、ふいに問い返した。

「おきんさんの病気は重いんだね……だからって、人でなしになっていいのかい？」

「え？」

「私は心配なんだよ……何か悪いことに関わっているんじゃないかって」

「何を言い出すんだ、桃路」

「あんたのことを……殺し屋、だと思っている人がいるんだよ」

「ええ⁉」

桃路はじっと宣造を、揺るぎない瞳で見つめ続けた。

「……何を言い出すかと思えば……たしかに俺はおまえを裏切ったが、そんなバカげたことはしねえよ」

と宣造は言い切って、くるりと背中を向けた。

「待って。私は、あんたに逃げて貰いたいんだよ……このままじゃ、捕まってしまう。そしたら、おきんさんはどうなるんだい」

「俺は殺し屋なんかじゃねえよ」

「どうか、お願い、逃げてちょうだい。でないと……」

「お互い会わない方がよさそうだ。おきんの病が治ろうが治るまいが、俺はとにかく頑張るだけだ。大丈夫……俺は、おまえが思ってるほど悪い男じゃねえよ」

そう言って、足早に立ち去った。桃路は追いかけようとしたが、昔のことを思い出して立ち止まった。

――今度もまた、おきんの方を選んだ。

そんな辛い思いが込み上げてきたからである。それでも桃路は、宣造を人殺しとして、お上に捕らえさせるわけにはいかないと切実に思っていた。

長屋に帰って来た宣造を、おきんはきちんと正座をして待っていた。

障子戸を開けっ放しで、夜風が流れ込んでいたので、宣造はすぐさま閉めて、おきんに丹前《たんぜん》を着せてやった。そして、少し乱れている髪を梳《す》いてから、

「無茶するなよ、寒いんだからよ」

「おまえさん……やっぱり、江戸に帰って来るんじゃなかったよ」

「え？」

「どんなにいい医者にかかったところで、私の体は決してよくならない。おまえさん……優しくなったのは、どうせ私がすぐ死ぬからでしょ？　そして、私が死んだら、桃路さんと縒《よ》りを戻すつもりなんでしょ」

「つまらぬことを言うな」

「嘘。おまえさん、何か嘘をつくときは、必ず私に優しくなるんだもの……後ろめたいことがあるんでしょ、私に」

「おきん……」

「おまえさん、まだ桃路さんに未練があるから、惚れているから、後ろめたいんだ。そうじゃなきゃ……」

「いい加減にしねえか、おきん」

宣造は厳しい声で言ったが、どこか温もりのある言い草だった。

「これだけは言っておきますよ、おまえさん。万が一、桃路さんと縒りを戻すために、江戸に舞い戻ったのなら、私、喉を突いて死にます」

思わず宣造がたじろぐほど、目には力があった。

「安心しな……俺はおまえを裏切るようなことはしねえ……こんな小さな頃から、約束をしたじゃねえか」

「ほんと？　本当だね？」

「ああ。信じてくれ」

その時、ガラッと戸が開いて、ならず者が入って来た。

「なんだ、鮫三か。脅かすねえ」

長崎屋を、浪人と一緒に漁《あさ》っていた男だ。おきんとも顔見知りのようだったが、その眼光の鋭さに、何か異変を感じたが、何も言わなかった。

「余計な心配をするな。今夜は、朝までかかるかもしれねえから、ちゃんと寝てるんだぜ。なに、仕事の話だ。まったく人使いの荒い親方だろう?」

冗談めいて笑って、宣造は表に出た。

先に行ったはずの鮫三の姿がないので、警戒をしながら歩き出したが、ハタと止まった。行く手に、鮫三がうずくまっていたからだ。その前に、悠然と人影が現れた。

綸太郎だった。だが、宣造の方は、咲花堂の前でちらっと会ったことなど、みじんも覚えてもいないようだった。

「次なる仕事をしに行くのか?」

「誰でえ」

「宣造。悪いことは言わん。お恐れながらと名乗り出たらどうや」

「なんだ、てめえ」

「俺も桃路の知り合いでな……いや、桃路に心底、惚れてる」

「!……」

「おまえさんとの話は、玉八から聞いてる。昔の話はええ……桃路はな、おまえが殺し屋と勘づいても尚、庇おうとしている。女房のために、そうなったのであろうことも、勘のいい桃路は、あちこち調べ廻ったようやな」

息を呑んで宣造は聞いていた。

「別れても、おまえさんに惚れてる気持ちは残ってるのやろう。だが、このままでは、桃路のみならず、おきんさんも苦しめることにならないか？」

「………」

「おまえさんにできるのは……」

と綸太郎が言いかけたとき、宣造は鋭く匕首を抜き払って、

「余計な口出しをするなッ。誰だか知らねえが、これ以上邪魔すると……」

「この胸を突き刺すのか」

鋭い切っ先を向けた宣造を、綸太郎は淡々《たんたん》と見据えて、

「そこの鮫三とやらも、お上に捕らえられれば、すべてを話すやろ。その前に、自分から申し出れば、お上といえども、お慈悲《じひ》があると思うがな」

「誰がおきんを守るんだ……誰が、おきんを……どけい！」

「おまえに、長崎屋を殺せと命じたのは、幕閣であろう」

「⁉………」

「正直に言おう。俺も老中首座の松平様に、ちょいと殺しを頼まれていてな」

「出鱈目《でたらめ》を言うな。俺に命じたのは……」

と言いかけて、口をつぐんだ宣造に、綸太郎は続けた。

「誰だ？」

「…………」

「殺しを命じたのはその幕閣かもしれないが、本当の依頼人は……『烏帽子屋』という油問屋や。御用商人のな……その訳を知ってるか？」

「訳など、どうでもよい」

殺し屋と認めた言い草に、綸太郎は苦笑しつつも、

「哀れな奴やな。なんとも……やりきれへんな……」

と同情の目を向けたとき、元武士だけのことはある、鋭く匕首を突き抜いてきて、一瞬のうちに避けた綸太郎の横合いを駆け抜けて、そのまま路地へ飛び込んだ。

綸太郎はすぐさま追ったが、闇の中に姿はなかった。

「!?――」

辺りを駆け回っていると、掘割から櫓《ろ》を漕《こ》ぐ音が聞こえた。おぼろげな月明かりに、懸命に小舟を走らせる宣造の姿がぼんやりと浮かんでいた。

九

「なんだと？　もう一度、言ってみろ」
と鋭い目を宣造に向けたのは、公儀勘定吟味役《かんじようぎんみ》の黒瀬啓之介《くろせけいのすけ》であった。屋形船で会っていた、あの頭巾の侍である。

黒瀬の屋敷は半蔵門《はんぞうもん》のすぐ外にあって、幕閣での地位の高さを物語っていたが、自分は旗本として、もっと上を目指せる人間だと思っていた。財政の収支の監視という、清廉潔白《せいれんけつぱく》な勘定吟味役という役職が性に合わぬことも、端《はな》から承知していた。これも出世の手段だから、猫をかぶって淡々と仕事をしていたのである。

その裏で、あれこれと労を尽くして金を集め、幕閣にばらまいていた。まもなく家《か》禄《ろく》も増え、それを足がかりに大目付《おおめつけ》か勘定奉行の職を得ることができるようになる。今更、後には引けぬ。

「宣造……裏切りは許さぬと言うたはずだ。事は、おまえひとりでは済まぬ」
「いいえ。俺はもう、殺し屋稼業から手を引く。そう申し上げたんです」
「腑抜《ふぬ》けたことを。今更、足を洗えると思うてか。もはや、おまえの手に染みこんだ血の匂いは、二度と消えることはないのだ」

「匂いを消そうなどとは、思っておりませぬ。私はただ……」

「女房にかかる金はどうする。なまなかな稼ぎでは追いつかぬと思うが？　助かる命も助からぬやもしれぬぞ」

「——その言葉、私に仕事を持ちかけてきたときも同じでしたね」

「なに？」

「女房も覚悟ができてる。金輪際《こんりんざい》、そんな口車には乗りやせんよ。いくら相手が悪党であろうとも……殺しは殺しだ……俺は、こんな人でなしの暮らしが嫌になったんだ。残された日は少ねえ。だからこそ、女房とふたりで、まっとうに穏やかな気持ちで暮らしたいんですよ」

「まっとうが聞いて呆れる」

黒瀬は引き留めようとしたが、宣造は頭を深々と下げて、立ち上がった。

「待てと言うのが分からぬのか」

「いや、俺は……」

「そこまで決心をしたのなら止めぬ。だがな、ケジメだけはつけてゆけ」

「！……」

「おまえが、その眉間の傷を見られたがゆえに、町方が動いている」

「…………」

「ふむ。承知している面だな……立つ鳥跡を濁《にご》さず、だ。己の始末くらいは、きちんとして行くのだな。それ以上のことは、望まぬ。これが最後の最後だ」

と切餅をふたつ無造作に投げ出した。いや、さらにふたつ、百両に相当する金をあっさりと突き出したのである。

「それだけあれば、女房の病とて治る奇蹟《きせき》が生まれるやもしれぬ。であろう？」

宣造は喉から手が出そうなほど、その金が欲しかったが、ぐっと堪《こら》えていた。

「痩《や》せ我慢をするな。これが最後だと言うたはずだ」

「ううっ……」

「簡単な仕事だ」

「いや、俺は殺しはもう……」

「誰が殺しだと言った」

「ええ……本当に殺しではないので？」

「おまえの耳にも入っているとは思うが……儂の金蔓《かねづる》は『烏帽子屋』だ。そやつが、一番欲しがっている阿弥陀如来像がある」

「烏帽子屋が……？」

訳が分からぬと宣造は首を振ったが、黒瀬は詳細は語らず、

「おまえの昔の女……桃路という芸者が可愛がっているガキがいる。梅吉という子供だ。こいつが、覚えているんだってよ」

「どういうことだ」

「まあ、いいから、そのガキから、阿弥陀如来像のありかをうまく聞き出せ。そのガキは、源七郎という仏師の息子の生まれ変わりだ」

「その源七郎と、烏帽子屋がどんな関わりがあるってんだ」

「蛇《じゃ》の道は蛇《へび》。いや……これもまた、前世とやらの因縁《いんねん》かもしれないな。とにかく、宣造、そのガキから……よいな」

「黒瀬様……あんた、どうして、そんなことまで……」

「余計な詮索はよいから、おまえたち夫婦のためだ。しかと頼んだぞ」

宣造は凝結した顔で黒瀬を見ていたが、やがて意を決したように、よっつの切餅に手を伸ばした。

その日のうちに、宣造は亀戸天満宮の近くにある平助長屋を訪ねた。そこに、梅吉

が遊びに来ているのを聞きつけたからである。

今日も、梅吉は鮎と一緒に、遠い昔を懐かしみながら、一緒に遊んでいた。鮎も、新たな人生を歩みはじめた気がして、これからは別の爽《さわ》やかな感覚で暮らしていける予感があった。まるで失われた二十年を取り戻すかのように、梅吉との日々を楽しんでいた。

亀戸天満宮の本殿の裏手にあった大きな銀杏の木は、生長しすぎたからという理由で、もう十五年程前に伐採《ばっさい》されていた。ゆえに、今の長屋の住人たちは、その存在すら知らなかった。

「おいら、ここへ来て、思い出したんだよ、鮎姉ちゃん」

「え？」

「極楽浄土に行ったとき、お父っつぁんは作った阿弥陀如来像を、奪われる前にここに埋めておいたって言ってたんだ。ああ、ここにあった銀杏の木の中にね」

樹齢数百年の銀杏の木は、背も高いが、大人三、四人が手を繋いでやっと囲めるほど太い幹だった。源七郎はその中に埋めこんでいたというのである。

「だったら、どうして探して、なんて言ったんだろうね、極楽浄土のお父っつぁんは」

「さあ、おいらには分かんねえけど……伐《き》られた木がどこに運ばれちまったか、分からないからじゃねえかな」

そんな話をしているところへ、宣造が近づいて来た。

「その話は本当かい？」

「え？」

「銀杏の木の中に、阿弥陀如来様を埋めたって話だよ」

「ああ。お父っつぁんが自分でやったことだから、間違いねえよ」

梅吉は自信満々に頷いたものの、俄にしょんぼりとなって、

「でもよ……ここにあった銀杏の木はなくなったもんなあ」

「その銀杏の木の行方を探せばいいんじゃないかい？」

「あ、そうか。そうだよね」

おそらく、亀戸天満宮の宮司《ぐうじ》ならば知っているのではないか。宣造が尋ねれば不審がられるかもしれないが、梅吉が聞けば、素直に答えてくれるであろう。

「それには及ばぬ」

声があって、本殿の陰から出て来たのは、高津と鮫三だった。

「おまえたち……どうして、ここへ」

と宣造が威圧する目を向けると、高津はにんまりと笑って、

「銀杏の木の中。それだけ聞けば十分だろう。後は、どんな手を使ってでも探すまでだ。聞けば、ここにあった銀杏はご神木みたいなものだからな、別の所にそのまんま置かれているとか」

「別の所……どこだ、それは」

「おまえが知る必要はない。それよりも、他にバラされては困るのでな……おまえたちには死んで貰おう」

「なんだと⁉」

「前世の生まれ変わりなら、また生まれ変わればよい……それに、そのガキの親父の源七郎は立派な盗賊の一味だ。だから、そのガキも死んだところで、当然の報いだ」

「出鱈目《でたらめ》を言うなッ」

「冥途《めいど》の土産だ、よく聞いておけ。盗んだ金で、『長崎屋』は阿漕な金貸しをしてたんだ。それで調子づいて、『烏帽子屋』に貸しつけて、利子を欲かいたから、殺される羽目になったんだ」

つまり、仲間割れみたいなものだったのである。

「源七郎は、盗んだ金の残りを、金の如来像に作り直して、隠してたんだ……それを

独《ひと》り占《じ》めにしやがるから殺されたんだ」

「………」

「三つ子とはいえ、仲間の顔を見ていたからな……可哀想だが溺れさせた。成仏《じょうぶつ》させてやったつもりだったのだがな……生まれ変わりとは、妙な話もあったもんだぜ」

高津は素早く刀を抜き払うと問答無用に、まずは梅吉に斬りかかった。とっさに庇おうとする鮎を押しのけて、毅然と立ちはだかったのは宣造であった。

匕首を抜き払う間もなく、高津はバッサリと宣造を斬り捨てた。悲鳴を上げることもなく、宣造は梅吉と鮎を押しやりながら、

「に、逃げろ……早く、逃げろ……」

と必死に言ったが、ほとんど声になっていなかった。

止《とど》めを刺そうと高津が刀を握り直したとき、胡桃《くるみ》の実が飛来して、その額に当たった。境内の方から駆けつけて来たのは、綸太郎と玉八だった。

「貴様ッ」

振り向きざま勢いよく斬りかかってきた高津の刀をかいくぐって、綸太郎は〝阿蘇の蛍丸〟を抜き払うと、相手の肘《ひじ》を切り裂いた。

「ぎゃっ」

と情けない悲鳴をあげて刀を落とした高津の鎖骨《さこつ》を、綸太郎は峰《みね》に返した刀で鋭く打ちつけた。音を立てて折れたところに手をあてがいながら、高津は地面に転げ廻った。

ほんの一瞬の出来事に、恐れをなして逃げようとした鮫三に後ろから組みついた玉八は、そのまま仰向けに倒して殴《なぐ》りつけた。

後から駆けつけて来た内海と弁吉たち岡っ引は、そのふたりを素早く捕縛《ほばく》した。

「来やがれ！　おまえたちの後ろ盾《だて》のこと、篤《とく》と話してもらうぞ」

玉八は虫の息の宣造を抱きかかえて、

「兄貴……しっかりしろ……傷は浅いんだからよ」

と言ったが、それが慰めだということは本人が一番よく分かっていた。玉八の手をしっかりと握りしめた宣造は、

「は……こんなところで、しくじっちまった……俺はいい……どうせ三尺高い所に行くことが決まってたからよ……けど、おきんが……おきんのことが……」

気がかりだと言いながら、息絶えた。

「しっかり、兄貴イ！　おい！」

精一杯声を張り上げたが、宣造はぴくりとも動かなくなった。

綸太郎は後一歩のところで、改心をさせることができなかったことを悔いたが、これもまた運命《さだめ》というものであろうか。

「おいらのお父っつぁん、盗人だったのかい？」

梅吉がそう問いかけると、綸太郎は首を振って答えた。

「そうやない。借金を返せと長崎屋たちに脅されて、預かった金を金の仏像に作り替えていただけだ」

「本当に？」

「ああ。そうだ。もう一度、目を閉じて、お父っつぁんの姿を思い出してみな」

綸太郎の言葉を、梅吉は信じて、瞑目《めいもく》するように瞼《まぶた》を閉じた。


同じ日――。

おきんは心の臓の発作が起きたのか、長屋で亡くなっていた。まるで、宣造の跡を追うような死だったが、綸太郎はそれもまた運命かもしれぬと思った。

もし、宣造が深川の岡場所で、おきんと再会していなかったら、どんな人生を歩んでいたのか。桃路と一緒になって、殺しなどとは縁のない暮らしをしていたかもしれぬ。だが、前世の梅吉の運命とは関わりはなかったはずだ。

隅田川を眺めながら歩いていた綸太郎は、ふと水面に浮かぶ紅葉に目を移した。色とりどりの数え切れない落ち葉がある。同じ川面を流れているが、それぞれが違う人生のような気がして、胸がしめつけられる思いがしていた。

そして、また一葉、ひらひらと秋の日射しに燦《きら》めく川面に舞い落ちた。

第三話　孔雀《くじやく》の恋

一

神楽坂下の赤提灯『おたふく』から帰って来るなり、峰吉は泣き崩《くず》れて、

「わてはもう、女を信じられへん……いや、人間不信になってしまいましたわ。こんなアホなことがありますかいな」

と嘆《なげ》くだけ嘆いた。

上条綸太郎は呆《あき》れ顔で、金色の阿弥陀如来《あみだにょらい》像を丁寧に磨《みが》きながら、峰吉の失恋話を聞いていた。手にしているのは、源七郎が残したという阿弥陀如来で、まさに黄金の光を放っている。峰吉のつまらぬ世俗《せぞく》の話が、実に穢《けが》らわしくなってしまいそうなほど、眩《まぶ》しく神々《こうごう》しい光沢《こうたく》だった。

「聞いてまっか、若旦那ッ。あの女は、ずっとずっと、わてと一緒に暮らしてもええとまで言うたんどっせ。なのに、そんなの酒の席の戯言《ざれごと》やと言うやないでっか。そんなことって、ありますか？　もう、ほんまに、このまま首でも吊《つ》って死んでしまいたいくらいで、情けないちゅうたら、あらしまへん」

自分が話したいだけ話して、その後は耳が痛いくらいに泣き叫《さけ》ぶから、綸太郎は阿

弥陀如来像を大切に抱えて、二階に上がった。

実に素晴らしい顔をしている。

平等院鳳凰堂《びょうどういんほうおうどう》の阿弥陀如来坐像を彷彿《ほうふつ》とさせる見事な出来である。もちろん鳳凰堂の仏像は手に抱えられるような小さなものではない。天喜《てんぎ》元年（一〇五三）に安置されたその仏像は、定朝《じょうちょう》とその弟子たちが作ったものだ。源七郎のものと比べること自体が無礼な話だが、綸太郎の目には、その神々しさにおいては引けをとらぬと感心していた。できることならば、手元に置いて、毎日、拝《おが》みたいくらいだった。

定朝は平安中期に活躍した仏師で、寺から独立した工房で、仏像造りを専門職としていた匠《たくみ》の人である。丸みを帯びた優しい面《おも》だちの親しみのある如来が、大勢の人々の心を癒《い》やしたのだった。

平等院の坐像は一木《いちぼく》造りではなく、寄せ木造りである。ひとつの木材を彫《ほ》るのではなく、束ねた木材を彫るから、余計に優れた技が必要となる。それまでは、ヒノキやカヤなどの一木造りが基本であり、主流でもあったのは、仏様の芯《しん》が分かれてしまうことを畏怖する念があったからだ。

――一本の木には神霊が宿る。

という日本古来の思想があるので、ひとつの木から彫り刻《きざ》むという手法に拘《こだわ》ったのかもしれない。それが大乗仏教《だいじょう》の、一切衆生《いっさいしゅじょう》、草木国土《そうもくこくど》は元来、仏性を包蔵しているという如来蔵《にょらいぞう》の考えにも、うまく重なったのであろう。

だが、巨大な仏像になればなるほど、一本の木から造ることは困難である。高度な技術は必要だが、寄せ木造りは効率のよい工法だった。

定朝の穏やかな仏像の顔を真似る仏師は多く、金で造った源七郎もまた、克明《こくめい》に阿弥陀如来の顔を再現していた。三十二相八十種あるという表情から、最も穏やかなものを刻んだと思われた。

とはいえ、元々、仏教では偶像崇拝《ぐうぞうすうはい》はしなかった。釈尊《しゃくそん》の存在は仏足石《ぶっそくせき》や菩提樹《ぼだいじゅ》などによって描かれただけであった。悟《さと》りを開いた釈尊を人間の姿で表すことは不遜《ふそん》な行為だったのだ。偶像よりも、釈尊の説いた法を敬《うやま》うべきだと考えたのである。

平凡な人間はその法ですら、滋味《じみ》のように吸収できるものではない。だから、仏像に縋《すが》るのもまた理解できよう。綸太郎は仏像を眺めるたびに、釈尊の法よりも、その存在の神々しさにひれ伏し、縋る人々の心こそが愛しいと思っていた。

「若旦那……そんな金ピカの仏像なんぞ、どうでもよいではないですか。奉行所から預かってるだけやのに。あっ、ほんまもんの金やからというて目が眩《くら》んだんですか」

二階まで追いかけてきた峰吉は、綸太郎が鑑賞していることなど目に入らぬ態度

で、己の無様な恋心だけを執拗《しつよう》に語った。さらに辟易《へきえき》した綸太郎は、

「ええ歳こいて、何をちゃらちゃら言うてるのや。近頃、ふて腐《くさ》れてばっかりで、ろくに仕事もせんと『おたふく』に入《い》り浸《びた》っては、夜毎《よごと》、酒臭い息で帰って来る。それこそ、京の親父が見たら、おまえは即刻、これやぞ」

と首を刎《は》ねる仕草をした。

「何を言うてますのや。若旦那かて、毎日毎日……ほんまに呆れるくらい、遊び回ってるやおまへんか」

「遊んでいるのではない。俺は上条家の三種の神器をだな……」

綸太郎はそう言いかけて口をつぐんだ。

「とにかく、ええ加減にしとけ。老いらくの恋も、そこまでずるずると踏み込んだら、みっともないし、相手も迷惑や」

「若旦那まで、わああ……」

「もう泣くな。うるそうてかなわん」

「旦那も気イつけて下されや……あの『喧嘩堂』のお丁ってのは、ろくな奴やおへん」

「袖《そで》にされたからって、悪口を言うな。男らしゅうない。そやから……」

と言いかけた綸太郎は驚いて、仏像を落としてしまいそうだった。

「おまえが告白したちゅうのは、お丁さんのことか」

「へえ。あきまへんか」

「あかんことはないけど……まあ、女だてらに、よみうり屋をやってるくらいだから、相当、気の強い女だとは聞いてるが、そうか、あの女か……もっとも俺は会ったこともないし、ろくに顔も見たことはないがな」

「ああ。思い出すだけで腹が立つ……ほんまに、お丁は、夜毎、わいと飲むのが楽しみやちゅうて、必ず顔を見せてくれたんどっせ」

「どうせ、おまえが全部、酒代を払うたのやろ？」

「そりゃ、男やさかいな、わても」

「アホか。たかられてただけやないか、ああ、勿体《もったい》ない。それこそ無駄遣いやで」

と呆れ果てた綸太郎はもう話す気もなくなっていた。五十の坂をとうに越えた男が、本気で若い女に入れあげてどうするのだと、説教をしたくなったくらいだ。

「でも、若旦那……一度、会《お》うてみたら、どないです？ そしたら、分かりますて、わてがどんなに苦しい思いをしてるか」

「いらんわ……」

「それにしても残酷とは思いませんか？」

さらに峰吉は泣き声になって、

「わてが一緒になってくれと言ったら、どう言うたと思います？『残念なことに、私は男なんですよ。ご免なさいねえ』でっせ。言うにことかいて、選《よ》りに選って、男です……とは。もう、ほんまに、そんな大嘘をついてまで、わてのことを突き放そうとしたんです……こっちは、お丁なら、男でもええと思いましたけどな」

「気色悪いことを言うな。陰間《かげま》茶屋でも行って、みつくろってこい。綺麗《きれい》な男、なんぼでもおるぞ。ああ、気色悪いッ」

綸太郎は汚い塵芥《ごみ》でも払うような仕草で、今度は下に降りて行った。

すると、初めての客なのであろう、入りにくそうにしている百姓風の男が、店先にポツンと立っていた。

「あの……」

「これは、どうもお待たせしました。どうぞ、お入り下さい」

申し訳なさそうな態度で入って来た百姓風は、武蔵六浦《むさしむつうら》藩にある清和《せいわ》村の村長《むらおさ》・紋《もん》兵衛《べえ》と名乗った。真っ黒に日焼けをして、松の枝のようなごつい手の指は、厳しい野良仕事を長年してきたことを物語っていた。

その男から、人形浄瑠璃《じょうるり》という言葉が出て来るとは思いもしなかった。

「おらが村は、江戸者がいう農村舞台が盛んでな、歌舞伎《かぶき》もやれば、能、狂言、それから人形浄瑠璃もやるんだ」

「清和村なら、聞いたことがありますよ」

「そうですか……だったらば、話が早い。あなた様も人形を遣うことができると聞いてます。どうか、私の話を聞いてくれますか……ええ、人形浄瑠璃のことです。江戸の薩摩《さつま》座でやるような立派なもんじゃありません。でも、おらが村に伝わっている大事な神事だから、どうぞ、話を聞いて下され」

紋兵衛が何かにせっつかれたように、懸命に話し続けるのを、綸太郎は圧倒されながらも、興味深げにじっと聞いていた。

「葵和兵衛《あおいわへえ》……を御存知ですか？」

「ええ、以前人形浄瑠璃の手解《てほど》きを受けたことがあります」

「実は和兵衛さんは、うちの村の出でしてな……そのことで、ちょっとお頼みがあるのです」

「頼み……？」

「へえ。それにしても……みごとなほど、よう似てますわい。ほんと、みごとに……」

と、しみじみと綸太郎の顔を見つめる紋兵衛の表情が紅潮してきた。何やら、いわくありげな目だったが、綸太郎はその頼みとやらに耳を傾けた。

二

俄《にわか》に広がった霧《きり》のせいか、空はどんより曇《くも》り、船着き場近くまで来ながら、川船が着岸しそうな気配はない。

荒《あら》川沿いにあるこの村のあたりは、複雑に流れが入り組んでいるし、川漁師の小舟が沢山係留《けいりゅう》されているため、なかなかきちんと着けない時が多い。川船は大きく旋《せん》回《かい》しながら川上の方へ廻った。

「また川口《かわぐち》宿の方へ向かうんですかね……この辺りの霧はなかなか晴れないから」

相乗りをしていた綸太郎は、心配そうに乳白色の川面を見ていたお丁に向かって、ぽつりと言った。

その声に振り返ったお丁は、綸太郎の人形のような整った目鼻だちに吸い込まれるように見入った。

「…………」

美しい──としか言いようのない顔だちだった。

江戸から三刻（六時間）余りも隣の席にいながら、着く寸前まで、男の美しさに気づかなかったとは惜《お》しいことをした、とお丁は思った。

──だめだめ……また一目惚《ひとめぼ》れしそうになっちゃったりして。

実は、ほんの一月程前に、失恋したばかりである。しかも、お丁の方が惚れて尽くした挙《あ》げ句《く》、捨てられたのだ。もう恋なんて、こりごりだと思っていた。

よみうり屋のお丁は、仕事がら男に接する機会が多い。それだけ余計に男の狡《ずる》さや弱さを知ってしまうため、恋愛の対象は身近にいない。しかし、〝ネタ取り〟などで知り合う男は、口うるさい瓦版《かわらばん》屋の職人たちや無能な手伝いとは違って、素晴らしい人間に見えるから不思議だ。〝ネタ取り〟とは、今で言う取材というところであろうか。

いずれは、世間の有様と人間の内面をしっかりと見据《みす》えた、近松門左衛門《ちかまつもんざえもん》のような浄瑠璃作者を目指している。しかし、やらされる仕事は、女子供向けの絵双紙《えぞうし》や赤表紙、嫌らしい絵のついた草双紙や食通番付とか女大学のような躾《しつけ》を促《うなが》す本ばかりであった。

お丁は、江戸では屈指のよみうり屋、つまり瓦版屋『喧嘩堂』の〝よろず読み本〟、今で言えば週刊誌の〝取材記者〟みたいなものである。

近頃、江戸の若い人々の間で人気が沸騰《ふっとう》しつつある、伝統芸と農村文化を併《あわ》せ持つ『人形浄瑠璃』の魅力を伝える。それが今回の仕事だった。

武蔵野の北部、荒川沿いに位置する清和村にある、『人形浄瑠璃の里』を訪ねるつもりである。

「やはり、一旦《いったん》、川口宿に戻るしかないのかな、このままでは……」

もう一度、綸太郎が言うと同時に、船頭の張りのある声が船内に響いた。綸太郎が言った通り、霧が深くて六浦には着岸不能のため、対岸にあたる川口へ変更するとのことだった。霧が晴れれば、また戻ってくるつもりであろう。殊《こと》に秋雨の時節ゆえ、霧が滞《とどこお》ったままなのだ。

川口宿も小雨《こさめ》がぱらついていた。

江戸から六浦と川口宿までの船賃の差額を受け取った。改めて乗るか、陸路で行くかは後で考えようと思ったのだ。

「困ったわねえ……」

お丁は、とりあえず、雨宿りのつもりで、茶店に入った途端、ポンと肩を叩かれた。

ハッと振り返ると、そこにニコニコ立っていたのは、〝よみうり絵師〟の耕吉《こうきち》だった。食い過ぎで、ろくに動かないから、腹がたるんでいる。瓦版に添える元絵を描く仕事をしている。

「なんだ、結局、同じ刻限につきましたか、歩きと」

耕吉は船便が取れなかったので、中山道《なかせんどう》を歩いて来ていたのだった。お丁の船が遅れたので、耕吉はなんとなく嬉しそうな笑みを浮かべている。

「なんだい、人の不幸がそんなに面白い？」

「別に？ 生まれつきでしてね、このゆるんだ顔が」

「腹だろ」

「あっ。いつもきついなあ、お丁さんは」

茶店の奥に陣《じん》どって、団子を食べながら濃い茶を飲んでいると、ますます霧が深まって、一寸先も見えないくらいになってしまった。いつもなら、美しい田園風景が広がっているはずなのだが、雨だから仕方があるまい。

「ま、なんにしてもさ、今日、清和入りは無理だな」

と耕吉は意味ありげな顔を向けた。

「そうだねえ。困った……」

「宿場で一泊ってことになるよなあ」

「また出合茶屋にでも誘うつもりでしょうが、そうは問屋が卸《おろ》さないよ」

お丁はじろりと耕吉を睨《にら》んだ。

「あれ、分かった？　袖にされたばっかりで、身も心も寂しいと思ってねえ」

「バカ。結構、毛だらけ、灰だらけ。それに私、あなたみたいなトドのような人は趣味じゃないんです」

「トドときやしたか。こりゃまたきつい……けど、それがまたたまらんのだよなあ、そのきつい顔が、ナハハハ」

「おどきッ」

お丁は立ち上がると、耕吉を押し退《の》けて、さらに奥へ行こうとした。

「どちらへ」

「いちいち、うるさいねえ」

「ああ、厠《かわや》ですか」

「まったく……」

耕吉はお人よしで、いい人間なのだが、人への配慮や繊細《せんさい》さに欠ける。それはお互いさまではあったが、お丁は気づいていない。

「トド……」

耕吉は口の中でそう言うと、自分の腹を見下ろした。

ずるずると、その茶店にいるうちに、日は落ちてきた。霧に加えて闇《やみ》が訪れたので、ますます鬱陶《うっとう》しくなった。

街道屈指の宿場なのに、なんとなく賑《にぎ》やかさが足りない。船着き場近くにいても仕方がないから、

――せっかくだから、繁華な街に出よう。

耕吉から逃れるように、急いで駕籠《かご》舁きがたむろしている町辻まで歩いた。すると、そこには既に耕吉が待ち伏せていた。

「ヨッ！」

まったく懲《こ》りていない顔で、ずうずうしく、親しげにお丁に手招きをして、

「来いよ。いい所、案内すっからよ」

仕方なく耕吉のそばに行くと、丁度、通りの向こう側に、船の中で隣りあった男の顔が見えた。綸太郎であった。

「あっ……」

一瞬、その男にお丁は目を奪われた。だが、耕吉はそんなお丁に気づいている様子はまったくなく、

「鰻《うなぎ》だよな、川口っちゃあ、なんたって鰻の蒲焼《かばや》きだよ」

「あんた、何処《どこ》に行っても食べ物の事ばかりだね」

「日に三度飯食うんだよ。一生にしたら、六、七万回は食うんだよ。人生のほとんどなわけよ。粗末《そまつ》にしちゃいかんな、食うことを」

「誰も粗末にしてなんかないわよ」

「とにかく、いい店があるから。さあさあ、お姫様……」

前にも、ネタ取りがらみで行ったことがあるという店に、耕吉はお丁を案内した。

宿場で一番の繁華街は、『福通《ふくどお》り』という所である。

お丁は初めてだったが、恐らく街道で一、二番の大きな宿場通りであろう。そこを過ぎて、本陣を囲む堀沿いの道を抜けて、繁華な通りを外れたところに本妙寺《ほんみようじ》という古刹《こさつ》がある。その表参道の脇に、古い割烹《かつぽう》があった。

『篠《しの》』という店の藍染《あいぞめ》の暖簾《のれん》をくぐると、小さな石庭があって、ぎしぎしと音を立てる階段を登って二階へ行った。

「ねえ……こんな店に来て、どうしようっての？」

お丁は居心地悪そうに部屋を見回した。

経文《きょうもん》を書いたような掛《か》け軸《じく》が床《とこ》の間《ま》に掛かっている。

襖絵《ふすまえ》や屏風《びょうぶ》も、骨董《こっとう》品の風格がある。

「あたしたち、人形浄瑠璃を調べに来たのよ。郷土料理を楽しみに来たわけじゃないんだからね」

「ま、いいから、いいから」

まもなく、女将《おかみ》が挨拶《あいさつ》に来た。

「ようお越し下さりました。いつぞやは……」

と丁寧に頭を下げる女将は、愛嬌《あいきょう》のある品のいい面立ちで、三十路《みそじ》ではあるが、張りのある肌をしていた。

「えーと、ここの女将の、お小夜《さよ》さんです」

耕吉に紹介されて、お丁は頭を下げた。耕吉は以前に三度ほど、釣《つ》りを兼ねて、よみうりのネタ取りで、この店を訪ねて来たことがある。

女将は、今日の料理の献立《こんだて》を差し出しながら言った。

「今日は人形浄瑠璃のことで、葵さんを訪ねて来たんですってねえ」

「はい」

「あの人、そういうの大嫌いなんですよ」

「は……？」

怪訝《けげん》な顔をしたお丁に、耕吉が説明した。

「この女将さんはね、清和村の出で、庄屋さんの親戚筋で、この宿場の問屋場《といやば》の奥方さんなんだよ」

「奥方といっても、妾《めかけ》ですけどね」

と小夜が照れもせずに言うのへ、耕吉が続けた。

「清和村の問屋場を預かるのは赤星家《あかぼし》っていうんだけどね、葵さんとは昵懇《じっこん》だから、この人を通せば、どんな事でもすんなり行くはずだよ」

お丁は耕吉をほんの少し見直した。ネタ取りに来たのはいいが、下調べもろくにしていないお丁にとって、この繋がりは大きかった。

「じゃあ、お食事にしましょうね」

勘定《かんじよう》の心配をするお丁の顔色が分かったのであろう。小夜は支払いは結構だと念を押して、楚々《そそ》と立ち去った。

入れ代わりに、仲居《なかい》が『宝亀《ほうき》』の冷や酒を運んで来た。

「先に言っとくけど……どんなに酔っても、あなたとはそんな仲にならないからね」

「そんな仲って？」

耕吉はいつものとぼけた笑顔で、銚子《ちょうし》をずいと突き出した。

三

お丁は宿酔《ふつかよ》いの頭を抱えながら、駕籠に揺られていた。

つづら折りの急な坂道だ。曲がりくねっているので、駕籠が傾くたびに、お丁は吐きそうになった。酒にはめっぽう強い耕吉は、その後ろの駕籠の中で、ぼんやりと風景を楽しんでいた。

六浦の浜之町《はまのちょう》の小さな宿に着いたのは、昼過ぎだった。

「お丁さん、大丈夫かい？」

耕吉は、誰もいない船着き場の待合に立った。

「ここからは、歩いて行かねばならねえな。いや、荒川の支流を小舟で上って行く手立てもあるがな」

ついて来たお丁は目を見張った。荒川の土手から日に一往復の川舟しかない山間《やまあい》なのに、ずいぶん開けた町並みがあったからである。

祭でもないのに、軒提灯が並んで、まっすぐ細い街道が伸びている。

お丁はまだ気持ち悪い胸を押さえながら、耕吉と散策することにした。次の清和行きの船が出るまで、半刻（一時間）ほどある。

江戸で有名な一刀流《いっとう》の山下小五郎《やましたこごろう》の生家の前を通り過ぎ、何十軒も家並が続く街を抜けてゆるやかな坂を登ると、俄に視界が開けた。

気候が少し寒いせいか、まだ刈《か》り取られていない黄金の田んぼが果てしなく広がっているのだ。実りが豊かであることを物語っており、まさに瑞穂《みずほ》の国だということを改めて知らしめられるような情景だ。

遠くに霞《かす》んで秩父《ちちぶ》の裾野《すその》が見える。

その田園風景を遮《さえぎ》るように、石で作られた橋が渓流の遥《はる》か上方に架《か》かっている。十間《けん》（約十八メートル）以上の高さはあろうか。

一体、誰が、このような橋を、このような人が足を踏み入れることができないような場所に作ったのか……。

お丁は束の間、人間の偉大さに感じ入っていた。

茶店の老夫婦の話によると、水道橋《すいどうばし》と呼ばれているという。寛永《かんえい》年間（一六二四～四三）に、当地の庄屋が、肥後《ひご》の石工《いしく》を招いて、上州太田《じょうしゅうおおた》の石切場から採掘した石で作ったらしい。この石橋の中には、水の道が通っており、その昔、水利が悪く干ばつにあえいでいた台地に、標高の低い川の水を送り上げるために考案された水道である。

石橋の上は、人が通れるようになっていた。

その水道から怒濤《どとう》のような音とともに、水を噴出《ふんしゅつ》させる。まるで滝だ。

頭上から落ちてくる水の帯に、日が照り輝き、一瞬のうちに虹《にじ》がかかる。だから、虹の橋とも呼ばれている。

橋の上を通り、竹林を縫《ぬ》うように下る山道を歩くと、今度は本物の滝に遭遇《そうぐう》した。

地元では三郎《さぶろう》ヶ滝と呼ばれている。昔は、化け物のような大きなイワナがいて、釣り人を滝壺《たきつぼ》に引きずり落としたと言われているらしい。

所々に見える色づいた紅葉《もみじ》を楽しみながら、お丁と耕吉は散策した。

――あーあ、これが耕吉じゃなくて、船で会ったような、あんな人と散歩できたら、いいのになあ……。

お丁がそう思った途端、耕吉が肩をつついた。

「また、袖にされた男のことかい？」

「違うわよ。私はねえ、つまらない男なんかに、引きずられないんだよ。失った恋を忘れるにはね、新しい恋をするに限るの」

「新しい恋ねえ……」

耕吉が何か言おうとした時である。

ギャーッと人が叫ぶ声が滝壺の方で起こった。

顔を見合わせて、お丁と耕吉は驚いた。

「耕吉、聞こえた？」

「ああ。――なんだか、気味が悪いな。イワナにでも引きずり落とされたかな？」

「何言ってんのさ、誰かが崖《がけ》から落ちたのかもしれないでしょうが」

言うと同時に、お丁は滝に向かって走り出していた。

その時である。

手甲脚絆《てっこうきゃはん》に蓑笠《みのかさ》姿の一人の男が、慌《あわ》てた様子で、竹林の中を下って行くのが見えた。お丁の目には慌てているように見えた。

――やはり、誰かが崖道から足でも滑《すべ》らせたんじゃないのか。それで、あの人、誰かに知らせるために……。

走り去ったに違いないとお丁は思った。

耕吉と二人で声のした方に向かい、崖から見下ろしたが、余りにも高すぎて目が眩むばかりで近づけなかった。

「駄目《だめ》だ……とにかく、宿場の役人だけには知らせておこう」

耕吉は、崖を覗《のぞ》き込むお丁を支えた。


清和村に着いたのは夕方だった。

お丁はその足で早速、昨夜、小夜に紹介して貰《もら》った問屋場を預かる赤星家の当主、伝二郎《でんじろう》の屋敷に向かった。

街道の真ん中あたりの高札場《こうさつば》の前に、その屋敷はあった。

野良仕事で日に焼けた丸顔の男が、二人を出迎えた。額《ひたい》は大分禿《は》げ上がっているが、まだ四十半ばであろう。

「浄瑠璃人形師は、何といっても淡路《あわじ》の大江《おおえ》家の当主が第一人者だよ。その人と並び称される……といや大げさだが、うちの村の葵竜三郎《りゅうざぶろう》も一応、農村浄瑠璃とはいえ、名人と言われてます。へえ、江戸の神楽坂にも、その流れを汲《く》む、人形師の葵家があることは、ご存知でしょう」

赤星は自慢げに話を切り出した。武《ぶ》州よりも甲《こう》州訛《なま》りが薄い喋《しゃべ》り方である。

「葵の大旦那はちょっと偏屈《へんくつ》でしてなあ、初対面の人には一切口をきかねえんだわ」

だから、赤星が同行すれば、なんとか質問に答えてくれると言う。お丁がほっと胸を撫《な》で下ろした時である。

表戸が慌ただしく開いて、一人の中年男が飛び込んで来た。耳がやたら大きく、禿げているせいか、髷《まげ》がきちんと結えていない。

「赤星さん！　えらいことになった！」

息せき切っている男は、赤星とは昵懇の甲斐屋睦五郎《かいやむつごろう》といういくつかの村長《むらおさ》を束ねている惣庄屋を務めている男だ。人を寄せつけない見た目とは違って、村人たちからは何かと信頼されている人物らしい。

「なんだい、今、お客様が来てんだ。お前の大変だッは年中だからな、後にしてくれ。今から葵の大旦那に紹介するんだ」

慣れ親しんだ相手に対する言いぐさで、赤星は言った。

「その葵の大旦那が……死体で発見されたんだ」

禿げた髷が嚙みしめるように言うと、お丁たちはエッと顔を見合わせた。

「大旦那が死んだ⁉」

赤星は信じられないと頭《かぶり》を振ってから、

「どこで見つかったんだ、大旦那は」

「三郎ヶ滝だ。たった今、滝壺の中で見つかったと、代官役人が……」

「三郎ヶ滝⁉　六浦浜之町の？」

声をあげたのは、お丁と耕吉だった。

「知ってるのかね、その滝のこと」

「え、ええ……」

お丁が耕吉を振り返ると、耕吉は頷いて説明した。三郎ヶ滝で悲鳴を聞いたことや、手甲脚絆の簑笠姿の男がいたことを。

「ほんとかね、そりゃ……」

と甲斐屋は、お丁の顔を覗き込んだ。

「ええ。でもその声が葵さんのものかどうかは……」

「当然分からんだろうな。で、簑笠姿の人の顔は？」

甲斐屋は更に問いかけた。まるで岡っ引のように厳しい顔だったが、惣庄屋を任されているくらいだから、当然であった。

「――さあ、背中しか見えませんでしたから」

「男か女かは？」

「男だと思います。でも……そう言われてみると、どっちかは、はっきり分かりません。で、見つけた人は？」

「和兵衛さんなんだよ」

と甲斐屋が言った。その名前を聞いて、赤星は二度驚いた。

和兵衛とは、葵竜三郎の長男で、跡を継いで人形浄瑠璃師をやっているらしい。もっぱら人形遣いで、作る方はほとんどしていないという。

甲斐屋は深く溜息をついて、

「とにかく、あんたらが見たことは大事な証言となるだろうな。その事、きちんと役人に話してくれるね」

と、てきぱきと対処した。お丁と耕吉は、浜之町の代官所役人や宿場役人たちが集まった中で、目撃証言をするハメになった。

事故、殺し、自害。いずれとも役人は断定していない。

だが、葵竜三郎を怨《うら》んでいる人物がいないことや、三郎ヶ滝は竜三郎が時折散歩していた所だということ、そして転落した場所に足を滑らせた跡があったことなどから、代官所役人の処分は事故扱いに傾いていた。

三郎ヶ滝は隣村だが、清和村との境にあって、むしろ浜之町より近かった。

「話を聞く相手が亡くなったんだ……ネタ取りは中止だな」

代官の調べから解放された耕吉は、お丁にそう言った。

「そうかなあ……」

「なにが？」

「足を滑らせたなんて……私にはねえ、単なる事故だとは思えないんだけど」

「始まったよ、お丁の野次馬《やじうま》が」

「よみうり屋から野次馬根性をなくしたら、スカじゃないのよ」

役所の表に立ったまま、お丁は話した。

「だってさぁ、あの悲鳴……その直後にあの簑笠の人物。これは絶対、何かあるって。仮にあの簑笠姿が仲間だとすれば、もっと早く役人に知らされたはずだし、竜三郎さんを見つけたのは、長男でしょう？　そこんとこも、なんか納得できない」

耕吉も唸《うな》った。

「――そうだな……なぜ長男の和兵衛さんが、あんな滝に行ったのか……いずれにせよ、あの簑笠姿が、何かを知ってるかもしれねえなア」

頷いたお丁の表情がさらに曇った。

「それにしても、宿場の役人の怠慢《たいまん》だと思わない？　私たちが悲鳴を聞いたって伝えてたのに、結局、竜三郎さんの長男が発見するまで、役人は探索してなかったってことじゃないか」

「何かが起こってからじゃないと、役人って奴は動かないんだよ」

「変なの……それより耕吉、私、断固、このことは調べ続けるからねッ」

「おいおい。浄瑠璃はどうなるんだ」

「だって、話を聞きたい当人が亡くなったんだよ。調べて当然でしょうが」

とお丁は踵《きびす》を返して代官所に戻り、茶毘《だび》に付すまえに、寺に安置されている葵竜三郎の亡骸《なきがら》に線香を上げた。

幸先《さいさき》が悪い。

しかし、此度の一件には、今までお丁が遭遇したことのない、何か恐ろしいものが待ち受けているように思えた。それが何かは分からない。だが、よみうり屋としての自分の力を出すことができる機会だと、お丁は思っていた。

四

その夜ははやる気持ちを抑えて、水道橋の近くにある旅籠《はたご》に泊まった。もちろん耕吉とは別室である。

翌朝早く、まだ眠っている耕吉には黙って、葵竜三郎が転落したという現場に行った。

お丁は丹念《たんねん》に辺りを見て回った。

役人が立てたと思われる新しい木札があって、『危ない、近づくな』と書かれてあり、縄も張られてあった。が、構わず、お丁はその中に入った。

朝露《あさつゆ》で下草が湿《しめ》っているせいで滑り、あやうく、崖下に落ちるところであった。お丁はドキンと鳴った胸に手をあてた。

「危ない危ない……！」

このような足場の悪い所なら、老人の足など一遍に掬《すく》われてしまう。

役人の話では、葵竜三郎が死亡したと思われる刻限は、お丁と耕吉があの叫び声を聞いた時と一致する。

——やはり……あの悲鳴は葵さんのものだろう。

只《ただ》の事故か事件か……。

お丁は、どうしても、あの簑笠姿の後ろ姿が気になってしかたがなかった。

その日の昼前に、お丁は清和村の中心部から少し外れた集落にある、葵家の屋敷を訪ねた。

山を背にした大きな屋敷だ。ところどころ崩れている長い土塀に囲まれた、冠木門《かぶき》もある武家屋敷といった風情《ふぜい》だ。既に、忌中《きちゅう》の貼り紙が玄関に張られてあり、届けられた花が、ずらりと土塀に並べられていた。

冠木門をくぐると、石畳が玄関まで続いている。

お丁は玄関に向かいながら、花柄の派手な着物だと気づいたがもう仕方がない。重々しい雰囲気《ふんいき》の中で、庭に乱れるように色づいた紅葉だけが、鮮やかにお丁の目に映った。

「ごめん下さい」

玄関の扉を引いて開けた。玄関の中の左手には小さな池があり、鯉《こい》の稚魚《ちぎょ》がせわしなく泳いでいた。

「ごめん下さい」

何度目かにやっと、白髪《しらが》混じりの女中が奥から出て来た。

「あの、私、先日お報《しら》せを差し上げました。江戸のよみうり屋『喧嘩堂』から来た者ですけど……」

鑑札《かんさつ》を出しかけたお丁に、女中は穏やかだがぴしゃりと言った。

「当家は旦那様が亡くなられて、よみうりどころではございません。申し訳ありませんが、今日のところはお引き取り下さい」

「ご愁傷《しゅうしょう》様です……ですが私、葵竜三郎さんの事故の場に遭遇したんです。それも何かの縁といえば縁です。是非《ぜひ》、葵さんの人となりを紹介したくて……」

「困ります」

女中が言った時、廊下から背の高い男が顔を出した。上品な大島紬《おおしまつむぎ》の羽織を着て、落ち着いた物腰で、

「なんだね……」

と言った。何か悶着《もんちゃく》が起きていると察知して来たのだ。お丁はその男の顔を見て飛び上がりそうになった。船の中で隣りあったあの美しい面立ちの男だったのである。

その男——綸太郎であった。

「あっ……」

お丁が声を出すと同時に、男の方も思い出したようだった。

「ええ、あんたは確か……」

「ええ、一昨日の船の中で」

「はい。あなたは……ここの？」

女中が透《す》かさず答えた。

「長男の和兵衛様です。よみうり屋の方が、和兵衛様のことを知りませんの？　今、評判の文楽《ぶんらく》の名人ですよ……大坂をはじめ、京、名古屋、それから江戸と、和兵衛様の贔屓《ひいき》で一杯に……」

喋る女中の口を止め、

「――よみうり屋『喧嘩堂』の……」

と綸太郎の表情が一瞬曇ったが、お丁を奥座敷に招いた。

どういうわけか……。

綸太郎は、葵家の跡取り、和兵衛に扮《ふん》して、この村に入り込んでいた。もちろん、お丁はまだ知らぬことではあるが、神楽坂咲花堂の若旦那の綸太郎とは、きちんと面会をしたことがないので、葵家の長男だと思い込んだ。

まるで寺のように広い敷地であった。

中庭には枯山水《かれさんすい》がさりげなく造られており、渡り廊下の反対側には、木瓜《ぼけ》の花や海棠《かいどう》が植えられていた。どこからか、まんさくの匂いもしてくる。その季節ではないから、錯覚《さっかく》であろうが、そんな気がした。

通された部屋には、桃山玄冲《ももやまげんちゅう》作と署名された山水画の屏風があり、その前に小さな香炉を載せた台があった。

先程の女中が茶と菓子《かし》を運んで来て、お丁の前に置くと、すぐに立ち去った。

綸太郎は茶を勧めてから、おもむろに訊《き》いた。

「で？ 親父に聞きたかった話というのは、どういう？」

「はい。浄瑠璃はともかく、人形の芸能は古《いにしえ》よりあります。そのことと、浄瑠璃が果たして来た役割と、その美というか……そういうものを、つまり……」

お丁は和兵衛を前にして思うように喋れない。そんなお丁の初《うぶ》な仕草に、綸太郎は思わず笑った。

「なんだ、亡くなった親父の事故の事を調べに来たと思ってたが……そう、人形浄瑠璃のことをね」

と綸太郎は親しみを込めた笑みで、お丁を見つめた。

一瞬のうちにお丁の鼓動《こどう》がはずんだ。

「だって、竜三郎様が亡くなったのは、私がこっちへ来てからのことでしょ？ 実は、赤星さんを通して、お話をお聞きしようとした矢先のご不幸で……本当に残念でした」

お丁が沈んだ顔で言うと、綸太郎は黙って頷いた。嫌な事を思い出させたと、お丁は思った。父親の遺体はまだ役所から帰っていない。遺族の気持ちを無意識のうちに傷つけている自分を、お丁は恥《は》じた。

話題を元に戻して、お丁は、和兵衛の近況から聞きはじめた。

〝和兵衛〟は竜三郎の長男として、人形遣いとして訓練され、父親の反対を押し切って、十七の頃に村を出ると同時に、江戸の薩摩座の人形遣いに弟子入りし、長年の修行を積んで、三年前にやっと主遣《おもづか》いになったのである。

それが、二十八歳の時だから、異例の出世である。

浄瑠璃の人形は三人で操る。初めは足遣い、次に左遣い、そして、右手と首《かしら》を操る主遣いにと順次出世していく。普通、主遣いになるのに、二十年はかかるという。

竜三郎の血を引いて天性の資質があったのか、それとも人並み外れた努力が実を結んだのか、二十代で浄瑠璃界を担う逸材《いつざい》に成長したのである。江戸を中心に仕事をしており、諸国から声がかかれば、どこでも駆けつけて行くというが、清和村の人形浄瑠璃の小屋『紅葉座《もみじ》』で行なわれる年に二度の催《もよお》しには、なぜか来たことがない。

「紅葉座……？」

「ええ。惣庄屋と村人たちが持ち出しで、作ったんですよ」

「村人たちが？」

「そうです。人形芝居はね、そもそも、あちこちの村から神事のために生まれたもの。その土地に住んでる人がその人たちなりの人形浄瑠璃を演じてたもんなんです」

「つまり、お百姓さんや猟師《りょうし》さんが自分たちの手で？」

「そうです。歌舞伎と違って、もっと庶民の手近な所で楽しまれたもんなんですよ」

「そうでしたか……」

「そのうちに上手な人たちが、人形浄瑠璃をもっぱらに、関東八州の村や町を演じて回るようになったんです。関東にも昔は百数十の人形を操る寄合があったそうですがね。その中でも、この清和の浄瑠璃はすばらしかった。だから、今でもここが浄瑠璃の里として、諸国に知られてるんです」

「へえ……」

お丁は感心しながら、嚙みしめるように喋る綸太郎の口許《くちもと》を眺めていた。やさしい唇だった。

「だから、今でも、清和の人たちは、昼間はそれぞれの野良仕事や商いをしてるけど、夜は人形浄瑠璃の事で頭が一杯なんです。どっちかと言うと、浄瑠璃をやるために昼間、働いてるって感じですね」

江戸に星の数ほどある小さな一座の元気な活動ぶりと、どこか似たところがある

と、お丁は感じた。お丁は、お茶をのんで、

「そういえば……人形浄瑠璃と言ったり、文楽と言ったりもしますが……どっちが本当なんですか？」

と訊いた。和兵衛は小さく頷いて答えた。

「どっちでもいいんですよ。人形浄瑠璃を、上方《かみがた》では文楽と呼んでいます」

「え？」

「あなたも知ってると思うけど、近松門左衛門らが活躍した頃は人形浄瑠璃と呼ばれてたけど、一度衰退《すいたい》してね、寛永年間、淡路島出身の植村文楽軒《うえむらぶんらくけん》という義太夫《ぎだゆう》が、大坂で再び人形浄瑠璃を流行《はや》らせた。文楽っていうのは、その人の名前に因《ちな》んで呼ばれているのです」

もっとも、その呼び名が一般に広がったのは、時代が下って、明治の終わりからである。

「そうだったんですか……」

お丁は吐息をして舌を出した。

「すみません。よみうり屋のくせに、そんなことも調べずに……」

「詳しい事を知りたいなら、さっき言った『紅葉座』に行きませんか？　いや、案内

させて下さい。折角《せっかく》の縁ですから」

「折角の縁……」

お丁は、少し恥じらって、

「はい。でも……あなたは今……」

「いいえ。親父に話を聞くつもりだったんでしょ？　ならば、私が代わりにするのは当たり前じゃないですか」

論太郎は通夜《つや》の事は一言も口にせず、強引にお丁を『紅葉座』に案内するときかなかった。どことなく上方訛りなのは、大坂に仕事でゆくからだと、お丁は勝手に思っていた。そして、論太郎の優しさの中に強引なものを、お丁は垣間見た。

——ひょっとしたら……ひょっとするかも……。

お丁は性懲《しょうこ》りもなく、甘い夢を見ていた。

五

『紅葉座』は葵家から、歩いてわずか二町（約二一八メートル）ほどの街道沿いに、威風堂々《いふうどうどう》と建っていた。

古めかしい神社のような造りを想像していたが、まったく予想を裏切られた。木造だが、形は六角形で、珍しい趣向が凝《こ》らされている建築物だ。しかも、まだ新しい。釘を一本も使っていない、寄せ木という特別な造りらしい。

六角形の館の中は、浄瑠璃専用の舞台になっている。舞台の間口は約七間半（約十四メートル）あり、大坂や江戸の人形浄瑠璃の芝居小屋と同じくらいの大きさである。

お丁は、ゆったり座れる枡《ます》席をあちこち移動しながら、綸太郎の説明を聞いていた。

「この舞台の端から約一間（約一・八メートル）くらい、舞台の奥から七尺（約二メートル）ほど舞台の間口一杯に落ち込んでるのが分かるでしょ？」

綸太郎がお丁の手をつかんで舞台の傍《かたわ》らに上がって見せた。確かに、一尺半ほどの深さに落ち込んでいる。

「これは『船底』と言うて、普通の舞台の平舞台にあたる所なのや」

その船底の奥は、前の舞台と同じ高さで『本手』というらしい。つまり、浄瑠璃の舞台は二重になっており、『船底』を人形遣いが移動して、芝居をするのである。

人形の出入り口の『小幕《こまく》』や『オトシ』や、義太夫が顔を見せない場合に使う『御《み》簾内《すうち》』など、お丁には十分理解できなかったが、その設備は一流の芝居小屋と比べても遜色《そんしょく》がなかった。

舞台に向かって右手、つまり上手の端に、客席の方に斜《なな》めに張り出している場所がある。綸太郎は、お丁をその上に、そっと座らせた。

ここは『太夫床《たゆうどこ》』といい、金屛風をあつらえた、義太夫と三味線弾《しゃみせんひ》きが演ずる所である。回転するようになっており、場面が変わるごとに、演者が入れ代わる構造になっている。

「どうです？　結構、見晴らしがいいでしょ？」

「ええ。なんだか、恥ずかしいわ。これじゃ、お客さんからまる見えですね」

「だけど、こっちを見られたら、芝居は失敗でね」

「どうしてです？」

「だって、人形芝居をしてるのやで？　芝居が始まったら、人形の世界に没頭《ぼっとう》して貰わないとね。熱演してる義太夫や三味線に、客の目が行くようじゃ駄目なんだ。幾ら顔を出してても、義太夫や三味線は裏方だからね」

「はあ、そんなものなんですか」

「そんなものです。まして、人形遣いが目立ったりしちゃ絶対いけない。いい芝居は人形遣いの顔が見えんようになるんです」

「へえ……」

お丁は幼少の頃に一度だけ人形浄瑠璃を観たことがあったが、只々退屈だったという記憶しかない。だから自然と、義太夫や三味線、人形遣いの顔に目がいき、必死に演じている様が滑稽《こっけい》にさえ思えた。

最後部の座席から見ると、歌舞伎の舞台そのままである。

歌舞伎を遠くから見ると人形が演じているように見えるが、和兵衛は、歌舞伎の方が人形浄瑠璃を真似て人間が演じるようになったと信じている。

六角形の館から南に一直線に渡り廊下が伸びて、小さな蔵があり、浄瑠璃人形や道具類を納めていた。

そこには、美しい女性《にょしょう》の人形が飾られている。その前にお丁が立つと、突如、女性の人形が回転して、角が生え、口が裂《さ》けた化け物に変身した。

ぎくりと後ずさりしたお丁を、綸太郎が支えて、

「こんなことくらいで、驚かれちゃかなわんなあ」

と上方訛りで言った。

化けた人形は『かぶ』と呼ばれた人形で、『戻り橋』や『嫗山姥《こもちやまうば》』という浄瑠璃で

使うものである。

「恐いわ……こんな恐ろしい芝居もあるんですか？」

「浄瑠璃は人間の情念を描くのが、いわば主題やからな。このような化け物ってのは、人間の中にこそあるんじゃないかな」

さりげなく言う綸太郎の目に、お丁は吸い込まれるものを感じた。近くに流れる小川の音が微かに変わった気がした。

「あなたも……変わる事があるんですか？」

「そりゃあるよ。人形遣いだからね……」

意味ありげな微笑を浮かべて、綸太郎はお丁を遊歩道に誘った。

秋の陽射しが樹々の間で跳ねている。

数歩先に歩く綸太郎の後ろ姿を見て、お丁はふと水道橋の近くで見かけた、あの簑笠姿を思い出した。

「あの、和兵衛さん？」

「………」

「和兵衛さん」

「え、あ……うん」

と遅れて来るお丁を、一拍ずれて振り返る綸太郎に、

「お父上を初めに見つけたのは和兵衛さんと聞きましたが……」

とさりげなく聞いた。

綸太郎の口許が微かに歪《ゆが》み、遊歩道の傍らに流れる小川に目を移した。

「よろしかったら、見つけた事情を話して頂けませんか」

「…………」

「あ、なんだか、嫌な聞き方をしましたね」

「いや。ええのです」

綸太郎はお丁をまじまじと見つめたが、その問いかけに機先を制するように続けた。

「――まだ親父が死んだばかりなのに、私が事故に関わってるんじゃないかと思ってる人がいてね……中傷する者もいる」

「…………」

「私が突き落としたんじゃないか……と言う人までいる。そんな事は心外だが、無理もない。――私と親父は決して、いい仲ではなかったし、なにしろ、私が今回、帰省したのが親父の死んだ日だ。しかも、不在の親父を探して、三郎ヶ滝に行った時に、

私が最初に発見したのだから、妙な噂をされてもしょうがない……」

「いえ、私は……」

「あんたが噂を流したなんてことは言ってない。誰が言いふらしてるか、大体の察しはついてるけどな」

「じゃあ、船が霧で着岸できなくなって、川口宿に行った後、まっすぐここに帰って来たんじゃないんですか？」

「え、ああ……ちょっと野暮用《やぼよう》がね」

あやふやに綸太郎は答えた。お丁はそれ以上、突っ込もうとは思わなかった。しかし、もうひとつ気になることがあった。

「でも、なぜ三郎ヶ滝に探しに行ったんですか？　まあ……隣村になるとはいえ、散歩には丁度よいらしいですが、年寄りの足ではちょっと……」

「昔から親父が好きな場所でね……駕籠を使ってでも、あそこまで行って、滝の周辺を散策することもあったようです」

「そうでしたか。確かに綺麗な所でした……」

時がゆっくり流れているような気がした。お丁はもう少しだけ、綸太郎と一緒に歩きたい。そう思った。

仄《ほの》かに胸が熱くなる思いに浸ったのは、ほんの束の間だった。

聞き覚えのある太い声が一方から起こった。

「オーイ！　お丁！」

耕吉の声だった。

——もう、せっかくいい気分で、二人きりになっていたのに！

駆け寄って来た耕吉は、菅笠《すげがさ》を取って、綸太郎に一礼した。

「どうも。俺は……」

と言いかけた耕吉の目が、綸太郎を見て凍《こお》りついた。

「あれ……？　あなたは、確か……」

どうやら、綸太郎の素性を知っていたようである。だが、綸太郎が少しも動揺せず、泰然《たいぜん》と葵和兵衛と名乗ったので、

「へえ、世の中には、七人同じ顔をしてる奴がいるってえが、はあ、なるほどねえ……で、俺はですね」

名乗ろうとした耕吉を制して、お丁が先に言った。調子に乗って、お丁の許嫁《いいなずけ》ですとか亭主ですとか、平気で言う奴なのだ。

「うちの絵師です。でも、私の手下みたいなもんですので、どうぞ好きなように遣い

だてして下さい」

お丁は命令調で言って、余計なことは言うなよと、耕吉を目で制した。

「では、私は、葬儀《そうぎ》の支度《したく》などがありますので……」

と綸太郎は頭を下げて立ち去ろうとして、振り返った。

「あ、よかったら、親父に線香を上げに来てやって下さい。その時、親父の人形細工の工房でもお見せしますよ。なにしろ名人の工房ですから、瓦版になるでしょ？」

綸太郎はまるで、〝父親〟に対して皮肉でも言うような仕草で、立ち去って行った。見送ったお丁はキッと耕吉を振り返り、

「なによ。いいとこだったのに」

「まあまあ。それにしても……よく似てるなア」

「何が」

「上条綸太郎……神楽坂咲花堂の旦那にだよ」

「ええ？　まさか……」

お丁は峰吉の顔を思い出して大笑いをした。峰吉が自分のことを、咲花堂の主人と名乗っていたからであるが、お丁は信じていたわけではない。

「そこまで笑わなくても……ああ、それより、いいネタ仕入れて来たんだ」

「何よ」

「昨日、事故を知らせに来た男の事だ……」

「甲斐屋さん？」

「うん。あの人、どうも怪しいんだよ」

「あら、人を疑うのは品性を下げるって、いつも言ってる癖《くせ》に」

「まあ聞けよ。甲斐屋はな、葵竜三郎が滝に落ちた刻限に、水道橋に行ってたんだよ。見た者がいるんだ」

迷うことなく、お丁はこの事件を追いかけようと思った。葵竜三郎を取材に来たのも何かの因縁かもしれないからだ。

六

翌日の朝、お丁と耕吉は、葵家の稽古《けいこ》場と人形に細工をする工房に向かった。失礼かと思ったが、竜三郎への焼香《しょうこう》がてら、人形浄瑠璃の雰囲気を取材したかったのだ。

向かう途中、田舎道の峠《とうげ》の茶屋に、真っ赤な道行《みちゆき》を着た、崩し島田の派手な化粧《けしょう》の若い女が駕籠から降り立つのが目にとまった。閑散《かんさん》とした片田舎には不釣り合いだった。芸者のようにしなを作って歩き出した。

――誰かしら……。

お丁は、女特有の感情で、自然と女と自分を見比べていた。

女はお丁たちと同じ方向にずっとついて来る。

――尾けられている……。

そう思ったお丁は足を止めて、女を振り返った。

「あの……この辺りの方ですか？」

お丁は穏やかに声をかけたが、その女は、派手な見かけのわりに幸のうすそうな笑みを浮かべて、お丁たちを追い越して行った。そして、その女は、行く手に見える葵家の門に入って行った。

「……？」

玄関先で、お手伝いが、その女に懐かしそうに声をかけているのが見えた。

「お嬢様、まあ……お綺麗になられて……。さあ、お兄さまもお帰りなられています。早く、お父さまのお顔を……」

四ッ半（午前十一時）から開かれる葬儀の受付をする人に、女の事を尋ねてみると、和兵衛の妹ということだった。五つ年下でお絹《きぬ》という。お絹は数年前に家を出て、江戸の両国橋にある水茶屋で働いているが、父親の竜三郎が死んだと知って、帰って来たのである。

「葬式に帰るにしちゃ派手派手だな」

「うん、常識をわきまえない女。お兄さんと大違い」

「またまた。器量《きりよう》よしを見ると張り合おうとする」

「違うわよ」

お丁はなぜか、お絹の存在が気になった。

その日の午後――。

葵家の内弟子、尚太《しようた》という若者の案内で、お丁と耕吉は、寄合に出席するという和兵衛を追いかけた。

庄屋屋敷に入った時、お丁の脇腹を耕吉がつついた。

「ふざけないでよ、こんな所で」

「違うよ」

屋敷の片隅を顎《あご》でしゃくるので見ると、甲斐屋が来ていた。

甲斐屋はいくつかの村を束ねる惣庄屋でありながら、造り酒屋を営み、地元の商人たちの寄合肝煎《きもいり》でもあった。いずれは、代官の御用も預けられようという名士である。

「——やっぱり何かある。そうは思わないか？」

「葵竜三郎さんの死は気になるけど、岡っ引ごっこしてんじゃないの。そうそう人を色眼鏡《めがね》で見ないでよ」

「じゃなくて、あっちが気になるだけだろ？」

と拍手に迎えられた、壇上の論太郎を指した。図星だった。

「ねえ……私たちのこと、本当は不愉快に感じているんじゃないかしら、和兵衛さん」

「いつものお丁ちゃんらしくないね。もっとズケズケ行こうよ。こっちは、浄瑠璃を一般に広める立場にあるんだから」

あっさりそう言って、耕吉はさらさらと矢立《やたて》で、その場の絵を描きはじめた。

お丁は、論太郎の人形浄瑠璃の話を聞いているうちに、自分も人形浄瑠璃の世界に入り込んでいくような気がしてきた。

だが、ふと霊妙《れいみよう》な気持ちに包まれた。

綸太郎の顔が、父親を亡くしたばかりの人の顔に見えないからである。父親が亡くなったのがずっと以前のような、いや、そのような事実がないかのような穏やかな目をしている。

お丁はその穏やかな目が気になった。

寄合話の後、綸太郎は、お丁を近くの山へ散策に誘った。

「父のことを、少しでも教えますよ。二人だけで、どうですか」

お丁の胸が高鳴った。耕吉は、

「――大丈夫かいな。どうも好かんタイプだ」

とお丁の耳元でささやいたが、

「大きなお世話」

と耕吉を宿で待たせ、お丁と和兵衛は、材木用の荷車に乗って山に登った。今でいうロープウェイのようなもので、渓流の上を渡している。

二人が登った山は、秩父山の一部で、死んだ葵竜三郎所有の山林である。十万坪以上の広さを擁《よう》しているという。正確な面積を、〝和兵衛〟は把握《はあく》していない。

近くには湯治場もあり、川口宿にも遠くない釣り場などもあり、船便も使える。桜も紅葉も見事だから、江戸から客を呼べる〝行楽地〟として使うから売ってくれと、甲斐屋を通じて話が来ていたが、竜三郎は承諾《しょうだく》しなかった。先祖代々の土地と樹木を守りたいという信念があったからだ。

葵家は人形芝居が始まった、室町中期から伝わる人形師だが、その前は、元々は杉《すぎ》樽《だる》作りの本家だった。先祖は、若い頃から浄瑠璃に魅《み》せられて、一家から人形師、義太夫、三味線など多くの才人が出ている。人形作りに必要な楢《なら》や檜《ひのき》も生育している山だから、人形をも作るようになり、浄瑠璃人形細工師としても名声を得続けているのである。

奇妙な事故が起きたのは、その直後だった。

山を下りはじめた、綸太郎とお丁ふたりだけが乗っている荷車の綱が切れたのだ。

荷車はどんどん加速していった。

「危ない！」

綸太郎は咄嗟《とっさ》にお丁を抱き寄せ、急斜面を滑り落ちた。二重にしてあるはずの留め金も利かない。振動が激しくなった。横揺れで投げ出されそうだ。このままでは斜面を猛烈な勢いで滑り落ち、停止板代わりの岩に激突してしまう。

「しっかり摑まって！」

急斜面がやや緩《ゆる》やかになった時だ。綸太郎は、硬《かた》くなるお丁を抱きかかえて、荷車から下草が繁《しげ》る斜面に飛び下りた。

ガツンと鈍い音がした。灌木《かんぼく》の幹に、綸太郎の肩があたった。次の瞬間、激しく斜面を転がって、お丁は気を失った。


我に返ると、辺りは薄暗く、お丁は蚊帳《かや》の中にいた。

ゆらりと動いて、耕吉が覗き込んだ。

耕吉の顔は笑っている。お丁は生きている自分の肌にいとおしげに触れた。

「おい、生きてるか？」

「和兵衛さんは？」

「隣の部屋にいるよ……まったく、だから言っただろ？」

「ねえ、和兵衛さんの具合は？」

「心配しなくても生きてるさ。肩を強く打ったみてえだが、命に別状はねえよ」

「よかった……」

「その点、お丁は丈夫。運良く腕に軽傷を受けただけ。和兵衛さんのお陰だな」

代官役人が事故の原因を調べたが、綱として使っている太い蔓《つる》の破損が激しく、原因ははっきりしない。結局、蔓の老朽《ろうきゅう》による事故であり、材木用の荷車を管理している甲斐屋が、ふたりの治療代と見舞金を支払うことでケリがついた。

だが、一歩間違えば、死んだかもしれないほど激しい事故だ。しかも、非常の折にかかるべき留め金までもが破損していたのだ。お丁のこだわりは消えなかった。蔓は切れたのではなく、切られたのではないか。そう思った。

――誰なの……一体、誰が……。狙《ねら》われたとしたら、私ではない。きっと和兵衛さんに違いない……。

お丁はそう直感した。葵竜三郎の死と何処かで繋がっていると思った。

隣室の和兵衛を見舞うと、綸太郎は寝床からゆっくりと起き上がって、申し訳ないと、お丁にひたすら謝った。

「でもよかった……お丁さん、大した怪我《けが》じゃなくて」

事故のせいで、綸太郎は五日後に行われる浄瑠璃の人形遣いができない有り様になってしまった……もっとも、これは綸太郎にとって不幸中の幸いであった。いくら玄人《くろうと》並みに人形を遣えるとはいっても、目の肥えた者が見れば、〝贋者《にせもの》〟だとバレるかもしれない。

「不幸中の幸い？」

と、お丁が問い返すのへ綸太郎は言った。

「あ、いや、こっちのことだ」

「そうですよね。下手をすれば死んでいたんですものね。でも、その怪我では……利き手が使えないから、扱えませんね」

浄瑠璃人形は三人の人形遣いによって操られる。

主遣い、左遣い、足遣いの三人である。主遣いは、人形の首と右手を操る中心的存在である。〝和兵衛〟は主遣いであるから、上演は延期にするしかなかった。

だが、綸太郎はまだ延期の通達を出さない。これもまた、計算尽くである。

「腕を切断したわけじゃないんだ。このくらいのことで上演を中止にしてちゃ、玄人とは言えないからね」

意地になったようにそう言う綸太郎を、お丁は不安げな目で見た。

――なぜ……どうして、そこまでこだわるの。たかが人形芝居じゃない。観に来る人だって、怪我人に人形を操らせたくなんか、ないわよ。

そう言いたかったが、ふと翳《かげ》る綸太郎の横顔を見ると、お丁は何も言えなかった。

お丁はその日のうちに、医者から出歩いてもよいと許しが出た。だが、江戸には帰らず、和兵衛のはからいで、耕吉共々、葵家の離れ部屋に逗留《とうりゅう》する事になった。

お丁は、毎日和兵衛を見舞った。

花や贈り物で、和兵衛の寝床の周りは一杯になっている。お丁は束の間、妻にでもなったような気分で、和兵衛の身の回りの世話を楽しんだ。若い下女らが、和兵衛と深い関係があるのではと噂をしていたのを耳にしたが、お丁はあえて否定しなかった。

和兵衛である綸太郎も、本気で心配してくれるお丁の人柄に惹《ひ》かれ、しだいにうちとけていった。だが、お丁は〝和兵衛〟と思っているのだ。今ここで、本当の名や狙いを話すわけにもいかないから、綸太郎なりに苦しんでいた。

——ろくな女じゃない……峰吉はそう言っていたが、案外、いい女ではないか。あいつは、どこを見てたのや。

と脳裏《のうり》で思っていた。

「危ない目に巻き込んで、悪かったね……」

会うたびに、謝ってばかりの綸太郎に、お丁も益々《ますます》、惹かれた。だが同時に、和兵衛を取り囲む環境に不穏なものを感じていた。

父親・竜三郎が転落死し、まだ日も経たないうちに、その息子の和兵衛が命を狙われるとは……誰が考えても、妙だ。

お丁は、今度のことが、竜三郎の事故と関係あるのではないかと疑念を抱き、和兵衛に問いただした。

「――私はね、父の本当の息子じゃないんだよ」

「え……？」

「妹のお絹とも、血の繋がりなどないんだ」

綸太郎はぽつりぽつり頼りない細い声で話した。

もう三十年ほど前のことである。

赤ん坊だった和兵衛は、浄瑠璃が演じられている最中の楽屋裏の通路に捨てられていたのだ。いまだに本当の親はわからない。

不憫《ふびん》に思った竜三郎は、妻との間に子供がいなかったので、和をもって尊しとす、という意味を込めて、和兵衛と名付けて育てることにした。

長じるに従って、和兵衛は毎日見ていた竜三郎の浄瑠璃人形作りや人形遣いに興味を抱くようになった。竜三郎は神様がくれた赤ん坊だと思って、和兵衛を大層、可愛がったらしい。

五年後、お絹が生まれた。

しかし、竜三郎は血の繋がったお絹より、後継者にするべく、和兵衛の方を深く可愛がった。女だからということで、お絹は浄瑠璃人形を触ることさえできなかった。

そんな妹が不憫で、和兵衛は、父親に隠れてお絹のことを可愛がっていた。もっとも、その頃は、本当の妹だと思っていた。

竜三郎の妻はもう十五年も前に病で亡くなっている。竜三郎は男手一つで、二人の子供を育てたのである。

幼い頃から竜三郎に仕込まれて、人形細工の技術を身につけた。だから、和兵衛は成長するとともに、いやでも浄瑠璃人形に興味を持ち始めた。興味というより生活そのものだった。

遠い昔を懐かしむように、和兵衛が……いや、綸太郎が目を細めるのを、お丁は食い入るように見つめていた。

七

「竜三郎さんは事故でも、自害でもない気がするの」

お丁は、水道橋の上を散策しながら、耕吉に話した。

「なんでだよ」

「私が聞いた叫び声はきっと竜三郎さんに間違いないよ。自害するなら、大声を上げるわけがないでしょ。それに、後ろ姿だけだけど、あの時に見た男の人……なんとなく、赤星さんに似てない？」

「そう言われてもなあ……」

材木用の荷車の事故も、誰かに意図的に狙われたに違いない。そうお丁は思い込んでいる。だとしたら、怪しいのは甲斐屋よりも赤星かもしれない。山林の仕事を竜三郎から任されていたこともあるからである。

「臭いのは赤星さんよ」

「しかし……何の為に、赤星さんが竜三郎さんを殺すんだ？」

「まあ見てらっしゃい」

耕吉の疑問はすぐに解決できるとでも言いたげに、お丁は赤星を訪ねた。

赤星はお丁を胡散臭《うさんくさ》そうな目で迎えた。

「竜三郎さんと俺の仲を聞いて、どうするんだね？　面白い噂話を作り上げて、瓦版に書くとでも？」

と赤星は、お丁のネタ取りを突っぱねる。初めて会った時と打って変わって、凶悪な態度だった。

「しかしですねえ……」

お丁が言いかけるのへ、赤星は両手を突き出して言った。

「そもそも、人形浄瑠璃の話を聞きに来たんでしょうが、あんた。それがなんで十手《じって》持ちの真似事をするのだね」

何を訊いても無駄だった。余計な醜聞《しゅうぶん》は、小さな山村では禁忌《きんき》と同じらしい。しかし、それで諦《あきら》めるお丁ではない。持って生まれた行動力で、それとなく村民から聞き出す事ができた。赤星と、代官の御用を受け持ちたい甲斐屋は、竹馬《ちくば》の友だということを。

早速、お丁は、甲斐屋に話を聞きたいと申し出た。

「赤星さんが、よみうり屋を毛嫌いしてる気持ちは分かる」

「なぜです？」

「竜三郎さんが亡くなった今、葵家の財産はほとんど、赤星さんが相続するだろうよ。人から見たら羨《うらや》ましいことだからねえ、ああだこうだと噂されるのが、心地よくないんだろう」

お丁には、意外な事実であった。

甲斐屋は、村の人々にはかなり信頼されている。親から受け継いだ造り酒屋も細々ながら営んでいたが、灘《なだ》の酒が入りにくくなった江戸では、この地の酒を欲しがる問屋が多くなって、商いを広げている。

その上、浄瑠璃人形を上演の舞台のためというよりは、鑑賞用の高価な芸術品として、一体数十両の値をつけて好事家《こうずか》に売っている。そんな甲斐屋を、竜三郎は快く思っていなかったという。

だが、竜三郎も、浄瑠璃上演のための人形作りだけではやっていけず、こころならず鑑賞用にも手を染めていた。江戸の神楽坂の人形師でも、似たようなことはあった。

しかし、息子の和兵衛は、そんな父を批判的に見ていた。

お丁は、浄瑠璃人形は商業的に売る目的で作っては、それを操る人形遣いに対しても失礼ではないかと言った。が、そんなお丁の言い草を、江戸者の感傷だと甲斐屋は一笑に付した。

「でも、それじゃ人形浄瑠璃の里の伝統が壊れませんか？」

とお丁が訊くのへ、

「壊れないね。浄瑠璃そのものは、この小さな村の神事のままでよかったんだ。別に江戸や大坂で成り上がるためのものじゃない。だが、人形というモノは違う。売れる物なら、なんでも売って村を潤《うるお》す。それが、私の使命なんですよ」

と甲斐屋は自信たっぷりの顔で答えた。

「百姓が商いをしちゃいかんかね」

その人を見下すような態度が、お丁には気になっていた。


その日のうちに——。

お丁は再び赤星を訪ねて、葵家の遺産を相続することになったいきさつを訊いた。

「甲斐屋が喋ったとね……」

赤星は憤懣《ふんまん》やるかたなく眉をひそめたが、居直ったように話し始めた。事故とも殺人とも結論がついていない竜三郎の死に関して、あらぬ疑いをかけられたくない思いがあったのかもしれない。

「私が葵家の財産を受け取る事になったのは……和兵衛さんのせいです」

「和兵衛さんの……？」

赤星はこくりと頷いて続けた。

十七歳のとき、和兵衛は、自分の芸域を広げたいがために、竜三郎の猛烈な反対を押し切って、修行に出た。かわいがってくれた父親を裏切るようで心苦しかったが、どうしても新しい自分だけの道を見つけたかったのである。そして、全国の浄瑠璃人形遣いに入門して、その技を盗んで来たのである。

根っからの役者根性ならぬ、人形遣い根性があったのだ。

妹のお絹も、成長するにつれ、誰に似たのか反抗的な態度が鼻につく娘になり、田舎暮らしに嫌気がさし、江戸へ飛び出て行った。盆正月にも帰って来ないありさまで、どこで何をしているかも竜三郎は知らなかった。

だから、竜三郎は、葵家の浄瑠璃を絶やさないために、その後継者を、実姉の息子である赤星伝二郎としたのだ。どんな形でもいい。竜三郎は葵家を継承して欲しかったのであろう。

そこで、半年程前に、竜三郎は、赤星を呼び、代官の立ち会いのもと、遺言を残した。それは、「財産は全て、赤星に遺贈する」というものだ。

だが、本来、御定法に則《のっと》れば、和兵衛が継ぐはずである。

和兵衛は、養子とはいえ、長子として籍に入っている。しかし、

「家長がやらぬといえば、それでおしまいだよ」

というのだ。お丁は疑問に思った。

竜三郎が死ねば、その財産は赤星に行く仕掛けになっている。数万両という大名並の遺産だ。

赤星という男は、何もかも自分の思うとおりにならなければ気がすまない。そのためなら手段を選ばない男だという噂だ。しかも、自分の旅籠の改築や新しい商いのために、かなりの借金をしていた。

竜三郎が崖から落ちたのは、やはり赤星のせいではないか。

そして、〝和兵衛〟をも殺し、全財産を手にしようとした。だから、材木用荷車の蔓に細工をして殺そうとしたのではないか。

お丁は、大きな犯罪の臭いを嗅いだ。

八

綸太郎は、まもなく開かれる浄瑠璃公演の稽古に余念がない。檜の香りがする稽古場の片隅で、お丁は額に汗する綸太郎をじっと眺めていた。

稽古場から中庭に突き出て、細長い渡り廊下がある。鹿威し《ししおど》が音を立て、静かな水音が流れる中庭で、綸太郎は一休みした。

「なんだか意地を張ってるみたい……稽古してる姿」

と、お丁は冷たいお茶を差し出した。

「その通り。意地なのや。幾ら余所《よそ》で修行を積んでも、俺は結局、葵竜三郎に仕込まれた浄瑠璃人形遣いだ。親父は自分以外の芸法に、芸術性を認めようとはしなかった。だから……そんな父を超えたい。それが父への供養《くよう》だと思ってるよ」

お丁には、人形遣いの芸に対する執念がどのようなものか、よく理解できなかった。

「和兵衛さんは悔しくないんですか。赤星さんに財産を取られて」

「財産は父のものだったんだ。俺は何も失わない」

「でも、赤星さんは、あなたを殺してまで、葵家の財産を手に入れようとしてるわ。現に、荷車の蔓まで切られて……」

お丁がそう言いかけたとき、和兵衛は険しい口調で制した。

「証拠もない事を言わないでくれ。赤星さんは義太夫としては、よき相方なんだからね」

「………」

お丁は余計な事を言ったと後悔した。

渡り廊下に立ち尽くしているところへ、耕吉が息せき切って駆け込んで来た。植え込みからヌッと出て来た耕吉は、まるで忍者のようだった。

「何よ、そんな所から」

「いいから、いいから。まあ聞いてよ」

夜叉《やしゃ》ヶ峰《みね》と呼ばれる秘境が、甲州寄りの山中にある。そこに向かう山道、渓流や連峰の絵を描いていた耕吉が、意外なものを見かけたと言うのだ。

「何よ。じらすなんて悪い趣味よ」

「驚けよ。赤星さんと和兵衛の妹のお絹さんが会ってたんだ。人目を忍ぶようにね」

耕吉はそれを見たというのだ。

「それが何よ」

「男と女の仲のようなのだ……二人で、小さな炭小屋に入った。山番の小屋だ」

「…………」

「ふたりに気づかれないように、尾けて様子を窺《うかが》ってたんだ。そしたら、なんと、お絹さん、赤星につめ寄っていた」

「え？　なんで⁉」

さすがにお丁は身を乗り出していた。

「なぜ兄さんの命を狙ったのってね」

「お絹さんは、どうして知ってるの？」

「赤星が荷車の蔓に切り込みを入れるのを、見ていたって言うんだ」

「！……」

「赤星は認めずに、お絹を突き飛ばして出ていったよ」

お丁は耕吉の腕をギュッと握った。

「そんな大事なことを聞いて、何で役人に届けないの⁉」

「届けてもいい。でもな、まだ確かな証は何もないんだぜ」

お丁は軽い眩惑を覚えた。

「それに……」

と耕吉が続けた。

「俺がその話を役人にしたところでだ。赤星が否定したら、どうなる？　俺たちは只でさえ、胡散臭がられてんだ。下手すりゃ、『喧嘩堂』が訴えられ、迷惑がかかる」

「だから何よ。本当のことを暴くのが先決でしょ？」

お丁は、耕吉を証人として、代官所を訪ねて、聞いた事を話した。

荷車の一件では、お丁も被害者であることから、役人は慎重に調べたが、証拠不十分で赤星は〝シロ〟となった。

その日の夕暮れのことだった。

お丁は、〝和兵衛〟こと、綸太郎に呼びつけられた。

西陽が差し込んで来た稽古場の板戸を閉め、綸太郎がぐっと鬼のような形相でお丁に迫って来た。一瞬、ハッとなって身を引いたお丁の二の腕を、和兵衛はしっかりつかんでいた。

綸太郎の睫毛《まつげ》が汗に光った。

「お丁さん。あなたは俺のことを、どう思ってるんだ?」

「!………」

意外だった。てっきり、事件を調べ回っていることへの苦言かと思っていた。

「俺を調べるのは、なぜなんだ?」

「どうって……」

「もしかして、人形遣い以上の何かを俺に感じている。だからじゃないのか?」

お丁は戸惑《とまど》った。

「実は……あの川船の中で……あんたを見かけたときから、心の奥にどすんと重いものがあったんだ」

嘘——。

お丁はそう思った。好意を寄せたのはお丁の方だ。あのときの綸太郎は、まったく知らん顔だった。只、偶然、隣りあった人としか思ってなかったはずだ。

「俺は、自分の感情を表に出すのが下手でね……奇《く》しくも再会できたときは、死ぬほど嬉しかったんだよ」

一瞬、綸太郎の言葉を疑ったお丁だが、一気呵成《いっきかせい》に言い寄られるのに押されてしまった。

「私も……」

「本当だね……」

綸太郎は感情がほとばしるままに、お丁を抱き締めた。そんな二人の姿を、稽古場の裏口の連子窓《れんじ》から、こっそりお絹が見ていた。お丁の視界に入ったが、そのままじっと抱き締められていた。

九

人形浄瑠璃の上演の日は、秋も深まりつつあるのに、春霞のように山の端《は》を薄墨色《うすずみ》に溶かす、ほんのり温かい日であった。

今回の出し物は、『新版歌祭文《しんぱんうたざいもん》』。いわゆる、お染久松《そめひさまつ》の心中物である。大抵、『野《の》崎村《ざきむら》』だけを演じるのが習わしだが、今回は全段演じる。

和兵衛は、怪我を克服して、お染を懸命に操っていた。

心配そうに見つめるお丁の目はよみうり屋ではなく、〝和兵衛〟の贔屓、あるいは、恋する女の目であった。

耕吉は、変貌《へんぼう》していくお丁の様子を見て、気懸《きが》かりだった。

「――お丁さん……大丈夫か？」

お丁の目は和兵衛から、太夫床で上半身を揺らして熱演して浄瑠璃を語っている赤星に移った。まるで玄人はだしだ。

――それにしても図々しい。和兵衛さんと私を狙った癖に、よくも平気な顔で……。

そんな思いが、お丁の脳裏をよぎったときである。

浄瑠璃が途絶え、赤星の表情が硬直した。

通の客たちが、すぐさま太夫床の方に目を移した。同時に、赤星は口から血を吐いて、ぐらりと前のめりに崩れ、そのまま倒れた。

「どうしたんだ？」

「おい、しっかりしろ！」

場内が急に騒然となった。立ち上がる人々の間から、舞台で唖然としている綸太郎が見えた。

代官所の手代たち役人が、現場に駆けつけるのに、さほど時は かからなかった。毒殺の疑いがあった。

役人たちが慌ただしく、その場を検分するのを、お丁は、まるで対岸の火事のように茫然《ぼうぜん》と見ていた。

浄瑠璃は見せ所の上の段『野崎村』に入る前に、中断することになり、客たちは帰らざるを得なかった。

赤星の死によって、事件は意外な方向に進展した。

役人は、綸太郎とお絹を代官所に連れて行った。〝和兵衛〟が赤星殺しの下手人扱いを受けて、お丁には衝撃《しょうげき》だった。

取り調べが終わるのを、お丁は、代官所の表で待っていた。

日が暮れて代官所を出て来た時の和兵衛の顔は、舞台で見せる華やかさがなく、まったく別人のようだった。

役人が疑っているのはお絹だという。

赤星が死んだことで竜三郎からの遺産は、お絹が手にする事になる。が、事件にお絹が関わっているとなると、お絹には渡らない。

「赤星は舞台に出る前に、緊張をほぐすために酒をひっかける習慣があってね……その酒から、茸《たけ》毒が見つかったんだよ」

「ええ……⁉」

「自害をするような男ではない。じゃあ、誰がやったかだ」

「——それで、お絹さんが財産を狙って赤星を殺したと、役人は疑ってるのね」

もちろん、お絹が犯した罪ではないと、和兵衛は信じている。だが、続けて起こった不幸への驚きは隠せない。

赤星の葬儀は、代官の調べが終わると同時に、村内の牧念寺《ぼくねんじ》で行われた。

葵竜三郎に続く不審《ふしん》な死に、人々は同情を通り越して、気味悪ささえ感じているようだった。

赤星殺しの疑いのある者たちが、何人か代官に取り調べられたが、めぼしい人物は浮かばなかった。

お丁はひとつの推理を立てた。

——下手人はお絹。

お絹は従兄弟《いとこ》の赤星をたらし込み、その上で葵竜三郎を殺して、遺産を赤星に一旦移し、更に赤星を殺して財産を独り占めするつもりだったのではないか。

——いいえ……もう、よそう。

お丁は事件の詮索をする気になれなくなっていた。

「何言ってんだよ。お丁が最初に首を突っ込んだんじゃないか」

と耕吉が言った。

「葵和兵衛のせいだな」

「え？」

「あの男に惚れたから……色々暴露《ばくろ》するのが嫌になったんだろ」

図星だったが、お丁は返事をしなかった。

ぽつんと小さな灯りの中で、身の回りに起こった一連の事件を振り切るように、綸太郎は稽古に精を出していた。来月に控えている江戸は浅草奥山の芝居小屋に出演するために、自分の持ち役を完成させておきたい……というのが名目だった。

持ち役は何度も演じたことのある『曾根崎心中《そねざきしんじゆう》』の平野屋手代徳兵衛《ひらのやてだいとくべえ》である。

魂《たましい》のない只の人形が、〝和兵衛〟の手によって、生きているような美しい人間に変化していく。それは神秘的な変貌である。主遣いの〝和兵衛〟、そして左遣いと足遣い。三人のなめらかな動きに、お丁は見とれていた。それほど、綸太郎は、〝和兵衛〟になりきっていたのである。

「こんな素晴らしいものがあったんだわ……浄瑠璃人形にもっと、きちんと明かりをあてるべきよ。能面は高い値打ちがあるのに、浄瑠璃人形にそれがないなんて、おかしい」

義太夫や人形遣いだけではなく、人形そのものにも価値を見出《みいだ》すべきだと、お丁はそう感じていた。だが、綸太郎は、稽古用の人形を床に投げつけた。

床に叩きつけられた人形は、力が失せた死体のように、横たわっていた。

お丁は何かを言おうとしたが、膝《ひざ》をついてしゃがみ込む綸太郎の姿が怖くて、近づくこともできなかった。左遣いと足遣いも、驚愕の顔で綸太郎を見ていた。

「駄目だ！　やればやるほど、無駄な動きが出て来る……」

曾根崎心中の主人公・お初《はつ》と、本気になって心中しようという決意が芝居にならないと、綸太郎は嘆いた。

「そんなことない……私、浄瑠璃も三味線もないのに、あなたの人形の動きだけで、何かぐっと来た」

「いいんだ、慰《なぐさ》めは……」

綸太郎は頭がおかしくなったように、喉の奥で笑い声を上げた。

和兵衛の体に滲《し》みついた、〝芸術家〟としての浄瑠璃人形遣いの業《ごう》を、お丁は感じていた。その気持ちの昂《たかぶ》りのままを、瓦版に書きたいとお丁は思った。

「和兵衛さん……私には何もできなかったけど、頑張って下さい。それしか、私には言えない……」


その翌日の朝――。

「葵さん……甲斐屋を捕縛しましたよ。赤星殺しの疑いで」

代官所の役人から、綸太郎に報せがあった。

事件があった当日の上演前、赤星に、自分の酒蔵から出したばかりの酒を贈ったのが、判明したからである。

その酒の中に、遅効性の毒物を混入していたと、役人は言った。

また、甲斐屋は、赤星と一緒に、湯治場や江戸からの行楽地にしようと、川船を大量に買うなど、商いに手を広げていた。だが、すべてが頓挫《とんざ》して、かなりの借金を背負って、喘《あえ》いでいた。

しかし、甲斐屋が、赤星に責任の一切を押しつけたことから、二人の間で悶着《もんちゃく》が起こっていた。表向きは仲良しの二人だったが、水面下では憎みあっていたのだ。

赤星は快く負債を承諾していたが、実は甲斐屋の造り酒屋を乗っ取ろうと画策していた節がある。甲斐屋はその事に気づいて、犯行に及んだ。

「甲斐屋さんが、赤星さんを殺してなんになるんです」

綸太郎は必死に否定した。

「葵家の財産が赤星に遺贈されるのを、お絹は快く思っていなかった。だから、お絹は、甲斐屋と組んで財産を取り返そうとした。そうではありませんか？」

つまり代官所はお絹もグルで、赤星を殺したと疑っているのである。

――ばかな……！

役人の知らせに、綸太郎は激昂《げっこう》した。

今まで見せたことのない、綸太郎の怒りに引攣《ひきつ》った顔であった。

「お絹を人殺し扱いするとは許せんよ。第一、役人は、甲斐屋さんを下手人だと断定して捕えたんでしょうが」

「しかし、甲斐屋さんが、赤星を殺せるはずないんでね」

と役人はほくそ笑んだ。

「ほう、なぜですか」

「酒から毒が見つかったと言ったけど、赤星が酒を飲むはずはないんです。――実は二月程前から、肝《かん》の臓が悪くて、医者から止められていたんですよ」

「肝の臓が……それは初耳だ」

　綸太郎はそうとは知らず、体に負担のかかる浄瑠璃を唄わせていたことを後悔した。

「重い病だってことは、甲斐屋さんも、よく知ってたはずだ。お酒を贈ったのは、ただの儀礼でしょう」

　役人が力を込めて言うのへ、お丁が割り込んだ。

「でも、お酒の蓋《ふた》は外れてたし、実際に毒が入ってたんでしょ？」

「毒を入れたのは、探索を混乱させるためじゃないか。つまり、赤星が酒をのむと思い込んでいた誰かが毒を入れたんです」

　綸太郎は低く唸って、役人を押しやった。

「帰ってくれ。事件の話なんて沢山だ。妹が怪しいというのなら、役人が妹を取り調べればいい……。俺は今それどころじゃないんだ。頭の中は……」

「浄瑠璃の事で一杯なんですよね、殺された人の事より。昔から、あんたはそういう人だって……赤星さんは生前、よくそう言ってましたよ」

役人はそう言うと、ちらりとお丁を見て、稽古場から出て行った。

鏡の前に座った和兵衛は、鏡に映った自分の姿をじっと見つめていた。その鏡の中に、お丁の姿もあった。

十

江戸浅草の芝居小屋で、〝和兵衛〟の公演が始まって二日目のことだった。

代官が甲斐屋を取り調べた結果、放免したと瓦版に出た。

本人の自供も得られず、毒を手に入れた道筋も不明。動機の面からも、赤星を殺すと、葵家の財産を得られないことになり、商いの借金を返せない。余計に自分を窮地《きゅうち》に立たせることになり、不自然だからだ。

それ以降、役人の探索は、綸太郎へ傾いてきた。

お丁への聞き込みも、頻繁《ひんぱん》になった。

綸太郎と一緒になるほどの仲なのか。お絹との仲はどうなのか。甲斐屋との関係は。赤星に怨みはないか——などと、しつこく質問された。

そんなある日、〝和兵衛〟が赤星を殺したのではないか、という証拠が出た。

青天の霹靂《へきれき》とはまさしくこの事だった。

毒殺された赤星の控室から、浄瑠璃人形の芯串《しんぐし》に使う小ザルと呼ばれる小さな把手《とって》が見つかったのだ。

小ザルは、鯨のヒゲで作った一寸程の小さなもので、糸を操るのに大切な部品である。近年、竹で作るのが多いが、〝和兵衛〟は頑《かたくな》に鯨《くじら》のヒゲで作っていた。

初めの現場検分では見つかっていなかったが、現場をもう一度調べた時には落ちていた。再び役人が克明に調べた結果、和兵衛が現在使っている浄瑠璃人形のものと一致した。赤星の控室に、和兵衛が入ったという重要な証拠になりえる。

そう役人は追及したが、和兵衛は、

「小ザルは人形のここに埋め込まれてるんですよ」

と自分の延髄《えんずい》あたりに手をあてた。

「楽屋にそのようなものを落としますか？」

「さあ、それはこれから調べるとして……ま、葵の財産を、快く思っていない赤星に持っていかれちゃ、奪い返したい気もわかる」

と皮肉を言った。

何事もなく、江戸の公演は千秋楽を迎えた。

お丁は、突然訪ねて驚かせてやろうと、芝居小屋の通用門で待っていた。

だが、〝和兵衛〟は既に人目を忍んで劇場から退散していた。怪訝に思ったお丁は、弟子たちに〝和兵衛〟の行方を訊くと、すでに故郷に帰ったとのことだった。

――故郷……清和村に？

楽日の打ち上げにも出ずに、慌てて帰郷するとは、何かあったのであろうかと、お丁は追った。

急ぎの猪牙舟《ちょきぶね》だと三刻余りで着くはずだ。

しかし、〝和兵衛〟は葵家には、帰っていなかった。公演が終わった時から、ぷっつり行方を晦《くら》ましてしまったのだ。

翌日の昼過ぎになって、〝和兵衛〟の方から、飛脚《ひきゃく》を使って報せが入った。

「さよなら……そう、お丁さんに伝えてくれ」

とだけ書かれてあった。

そして、同じ清和村の火打崎《ひうちざき》に来ていることだけ、付け足してあった。三郎ヶ滝からは二里（約七・九キロ）程上流にある渓谷である。

何故、和兵衛がそこに行ったのか分からないが、お丁は急いだ。

中秋《ちゅうしゅう》の名月はとうに過ぎているから、火打崎は日暮れたせいか、肌寒かった。

荒川に面して、まるで岬《みさき》のようなこの場所は、深い滝が多くて、遠くで海鳴りがしているように聞こえる。

吸い込まれそうなほど高い崖の上だ。

薄暗くなった海面が、夕日の照り返しで微かに光るのが、遠く見下ろせる。

岬のはずれにある柵《さく》まで歩いて、お丁は振り返った。

ひょろりと、木陰に綸太郎が立っているのが見えた。

「和兵衛さん……」

「――やっぱり来たのか」

「待っててくれたの？」

「まさか。それにしても、しつこい、女だね、あんたは」

お丁の喉元に、冷たい綸太郎の言葉がぐさりと刺さった。

「もう会いたくないんだよ」

「どうして……？」

「初めから、好きでもなんでもないからさ」

お丁はかぶりを振った。

「嘘……」

「──曾根崎心中の徳兵衛が、なぜそこまで女を愛せたか……俺にはわからなかった。だから、あんたを、お初に見立てて試してみただけのことだよ」

どこまで自分が一目惚れした一人の女を愛せるか、演じてみただけだ。和兵衛はそう繰り返した。

「だって……」

切なげな目になるお丁に、和兵衛は憎悪《ぞうお》の目を向けた。

「赤星を殺したのは、俺だ。そして、父を殺したのも！」

「え⁉」

「父は事故に見せかけ、赤星殺しは、甲斐屋の仕業《しわざ》に見せかけて、毒殺したんだ」

「あの日、三郎ヶ滝にいたのは和兵衛さんだったの⁉」

「そうだ……」

と綸太郎は頷いた。

「あの役人が睨んだ通りだ。すべては俺の罪だ。──許してくれ。すべてを知ったんだ。俺と死んでくれるかい？　俺のこと、愛してるんだろ？」

綸太郎の目は求めている。だが、冷たいまなざしだ。背中では、断崖《だんがい》の下から舞い上がった、川波が飛び散っている。

お丁は、安全柵に押しやられてギクリとなった。

「——やめて……和兵衛さん」

「ふん。浄瑠璃のようにはいかないよな」

自嘲《じちょう》的に笑うと、和兵衛はいきなりお丁の肩をつかんだ。

ひっと声を上げたが、つぎの瞬間お丁は遊歩道の方へ押しやられ、綸太郎は柵を乗り越えて、川へ身を投げ出した。

「！」

一瞬の出来事に、お丁は悲鳴を上げることもできなかった。

思わず柵にすがりついたお丁の目に、綸太郎の体が、音もなく激流のうなる白波に消えるのが見えた。

「……和兵衛さん！」

お丁の声はこだますることなく、怒濤《どとう》の中に吸い込まれた——。

やがて、役人と火消しなどが駆けつけ、丸二日、〝和兵衛〟の遺体を捜索した。だが、見つからなかった。このあたりは、流れが速く、もう川下に流されて、二度と見つからないかもしれないらしい。代官役人たちは口々にそう話した。

清和村の自宅に残されていた遺書には、詫《わ》び状と告白文が入っていた。

十一

「それ言わんこっちゃない……だから、俺は端《はな》から言ってただろ。あの手の男には気をつけろって」

事情を知った耕吉は、お丁を優しく慰めようと居酒屋の『おたふく』に誘った。そのような気分にはなれない。お丁は、目の前で断崖から飛び下りた〝和兵衛〟の姿が忘れられなかった。

「ひどい……あまりにも、ひどい別れ方よね……」

数日後、お丁は再び、清和村に行く代わりに、神楽坂上の赤城神社で行われる地元の人形浄瑠璃を観に行った。

〝和兵衛〟はいない。だが、お丁は〝和兵衛〟との思い出に浸っていた。

「もう、何もかも終わったのねえ……」

ふと振り返ると、縁日の人出の中に耕吉が立っている。

「？――もう、びっくりするじゃない」

「なんだか、思い詰めてた顔してたしさ、後追い心中なんかしないか心配でさ」

「ばかね……」

微笑んだお丁の目に、的当ての矢がとまった。

陽気に振る舞ってその出店に駆け寄ると、それは今でいう〝ロシアンルーレット〟のようなゲームであった。矢を一本だけ、好きな弓に張り、欲しい物に向け、矢が飛び出たら貰えるという遊びだ。

束の間、お丁と耕吉は楽しんだ。しかし、

「――違う。赤星さんを殺したのは、和兵衛さんじゃないかも」

弓矢を置いて、いきなり歩き出すお丁を、耕吉は訳がわからず追った。

「ま、待てよ。まだ、そんなこと言ってんのかよ」

「耕吉、聞いて」

お丁は真剣なまなざしで耕吉を振り返った。

「今閃《ひらめ》いたの。赤星さんが飲まされた毒は、お酒に混じってたということだけど……もし、それが役人の言った通り目くらましだったとしたら、どうなる？」

「どうなるって……」

「肝の臓の薬ってことにならない？」

「え？」

「肝の臓の薬の中に、ひとつだけ効き目の遅い毒を混入してた。それをいつ飲むかは分からないけど、いつか飲むのは確実よ。病のことを知ってる誰かよ、下手人は」

「……………」

「それに、赤星さんが殺された日、わたしはずっと和兵衛さんを追ってた。厠に立った以外は、ずっと私の目の届く所にいた和兵衛さんが、赤星さんを殺す毒を酒に混入なんてできなかったはずよ」

「そうか……じゃあ、あの毒は探索を混乱させるためのもので、本当の毒は薬の方へ。でも……和兵衛は赤星の病のことは知らなかった」

「そういうこと」

「じゃあ、なぜ自分が下手人だなんて、嘘をついたんだ？」

「和兵衛さんは誰かを庇《かば》ったのよ。そうに違いないわ」

葵の土地はすべて、結局財産を相続したお絹が川口宿の金持ちに売却していた。

お丁は、じっとしておれず、清和村の和兵衛の稽古場に行こうとした。

赤城神社の舞台脇にある稽古場にも、浄瑠璃人形が十数体、ずらり並んでおり、首を前に垂れて、梁《はり》にぶら下げられていた。まるで首吊り死体のように見えた。

　ふとお丁の脳裏にある思いがよぎる……。

　お丁は仮説を立てて、耕吉に聞かせた。

　——竜三郎を崖から突き落としたのは、赤星だ。もちろん、遺産が一刻も早く欲しかったからである。いや、元々、竜三郎に気に入られようと近づいていたのは、財産を狙ってのことだった。

　——その事実をつかんだお絹は、父を殺して財産まで奪った赤星を殺そうと決意する。

　——赤星が肝の臓の病だったということを知ったお絹は、薬の中に毒を一包だけ混ぜておいて、それをのんだ時に死ぬよう仕組んだ。さっきの矢のように。

　お絹が赤星を殺したと勘づいた和兵衛は、

「赤星のためなんかに、おまえが三尺高い所に行くことはない」

と、お絹を逃がす決心をした。

　だから、自分を下手人と思わせた上に、自害までしたのだ。いや、あの飛び込み自殺も芝居だったのかもしれない……。

「和兵衛さんは死んでないかもしれないわ！」

「たとえば……飛んだとして、予《あらかじ》め崖下に、逃げる準備でもしておいたら……遠くに潜《もぐ》って逃れたのかもな。まさしく一世一代の賭《か》けで」

「うん。そして、赤星さんの楽屋に、和兵衛さんの人形の小ザルが落ちていたのは、和兵衛さんが後で落としたに違いないわ。自分が疑われるよう、役人に目を向けさせるためにね」

「そうか……初めの現場検分で発見されなかったというのも、おかしな話だものな」

お丁は、そんな犯罪をせざるを得なかった、和兵衛とお絹の気持ちがわかるような気がした。

「もし生きてるとしたら、和兵衛さん、あなたは一体どこに行ってしまったの……」

お丁は、和兵衛のことを思慕《しぼ》しながら、浄瑠璃人形を見つめていた。複雑な思いで、耕吉はお丁の肩をそっと抱いた。

「それにしても……一流の人形遣いの名声を捨ててまで、妹を庇いたかったのは、なぜなのか。それとも他に理由があるのか」

お丁がそんな事を思いながら、神楽坂を歩いていると、前方から、綸太郎が歩いて来た。峰吉と一緒である。

すれ違いざま、お丁の目が凍りつき、すぐさま振り返って、綸太郎を見た。

「あ……あなた……もしや……」

驚きを隠しきれないお丁だが、綸太郎は、

「その顔……何もかも分かったみたいだな、お丁さん」

と寂しげな微笑みを投げかけた。いや、穏やかな目だった。

「俺はな……村長に頼まれて、お絹を逃がした……それが、本物の〝和兵衛〟の遺言だったのだ」

「……………」

「だが、和兵衛……実はもう病で死んでいるのだが、死ぬ直前に、村長を呼んで、不遇にあるお絹に財産をやってくれ……と頼んだというのだ。たった一人のかわいい妹ゆえな」

「……………」

「竜三郎さんは、和兵衛が村を出た後、気持ちがすさんだせいか、まだ家にいたお絹を殴ったり蹴ったりして、ひどくいたぶったらしい……和兵衛とすれば、妹が半殺しの目にあわされたのは、自分のせいやと思っていたのやろう」

「……………」

「和兵衛はとうの昔に、村を出ていて、顔が変わっているだろう。知るものは少ない。だから……和兵衛とそっくりの私が、一芝居打ってくれと頼まれたんだ……本当に強欲な奴は誰か……ということを燻《いぶ》り出すためにね」

啞然と聞いているお丁に、綸太郎はさらに続けた。

「案の定、みんな、それぞれ動いたけれども……結局、余計な死人まで出てしまった……けれど、とにかくお絹をどうしても助けたいという、村長と和兵衛の思いだけを押し通したのや。あまりにも哀《あわ》れな女やったからな」

綸太郎は静かに見つめた。

「そんな目をしないで……真実を暴きたいんじゃない。もう一度、あなたに会って……」

「俺に会って？」

お丁はじっと綸太郎の曇りのない目を見ていた。

「……本当に、私は徳兵衛の役作りの実験台だったの？」

「違うよ」

あっさり、綸太郎は答えた。

「なら、どうして私に本当のことを言ってくれなかったの？　私に愛想尽かししたのも、お絹さんとやらのため？」

「元々、芝居だ。――それに……あんたを幸せにすることは、俺には、到底、できっこない。そう思ったからだ」

お丁は、たとえ役人に追われる身であっても、綸太郎と一緒になりたかった。そう言いたかったが、言えなかった。お丁が恋していたのは、綸太郎ではなく、〝和兵衛〟だったからだ。とめどもなく涙が溢《あふ》れてきたお丁に、綸太郎は詫びた。

「すまん……騙《だま》して、すまんかった……俺は、たったひとりの妹を案じた、和兵衛さんの気持ちがよく分かる」

「…………」

「けれど、とんでもないことに荷担《かたん》した……ほんまに、あんたには迷惑をかけた。あんたは瓦版屋や。俺のした事を目《ま》の当たりにして、よみうりに書いてくれると思うた。そしたら、お上も探索をやめると踏んでのことやが、あんたはほんまのことに気づいた。そやさかい……お絹もいずれ見つかるやろ……いや、もう見つかったようやな」

綸太郎はうなだれて、一方を見た。

お丁の背後から、耕吉に連れられて、北町同心の内海が数人の捕方と共に険しい顔で向かって来ていた。耕吉が呼んできたようだ。

「俺も、またぞろ、面倒な取り調べが待っているのやろな」

内海の顔を見ながら、綸太郎は呟いた。

赤城神社の露天《ろてん》舞台から、腸《はらわた》に響く太棹《ふとざお》三味線とともに、静かな野太い浄瑠璃の声が聞こえて来た。

第四話　天平の樹

一

まっすぐ天を突くように伸びた太刀《たち》が、鋭く光った。

手にしているだけで痺《しび》れがきそうだ。平造りの厚みのある両刃《もろは》の直刀で、ふつうの倍はある重さだからだ。後の鎬造《しのぎづく》りと呼ばれる反《そ》りのある日本刀とは違って、独特の優美さと気品はあるが、〝斬《き》る〟より〝突く〟ことに勝れている。

「そや、斬ってはあかんのや、この刀は。突くことが使命なのや」

突くという言葉には、困難に立ち向かうとか土石をつきかためて築き上げるという意味がある。その力を与えてくれるのが、この無銘《むめい》の太刀であった。

「いつ頃のもんでっか？」

銀色の輝きに見入っている峰吉が、凝視《ぎょうし》して鑑定している綸太郎に問いかけた。刀身に映る二人の姿は、まるで両刃のようにギラギラしていた。

「さあな……正倉院《しょうそういん》の宝物殿にあると言われている太刀と同じものやとの言い伝えもあるが、真偽《しんぎ》のほどは分からん」

「分からん？　若旦那の目をもってしても……」

「無銘やが、恐ろしく値打ちものということは確かや」

「けど、誰が作ったかも怪しいのに、ええも悪いもあるのどすか」

「おまえは今まで何を見て来たのや。眺《なが》めるだけやのうて、五感を研《と》ぎ澄《す》ませば、心に響いてくるやろ……この砂流しや金筋《きんすじ》を見てみい……地肌のすべてにわたって弾《はず》みがあるから折れにくい上に、焼き幅が広くて地肌の奥が詰まっているから、よう斬れもする」

と紙を触れさせると、音もなくすうっと切れた。

「大和《やまと》伝のように、彫刻はありまへんな。人にあまり見せるもんとは違いますか？」

古刀には、山城《やましろ》伝、大和伝、相州《そうしゅう》伝、備前《びぜん》伝、美濃《みの》伝という五ヶ伝があって、それぞれ独得な姿や格好、刃紋や地肌などを呈《てい》している。装飾用の彫刻がないということは、守り刀として使われていたに違いない。

「様子から見て、大和伝だとしたら、平安王朝の頃のもんでっしゃろか、若旦那」

「もっと古いかもしれんな」

「そんなものが、あるのどすか？　相州伝でも鎌倉の治世、備前や美濃になったら足《あし》利《かが》の世から戦国でっせ」

「太刀といっても、剣《つるぎ》に近いからな。神代《じんだい》の昔からのものかもしれへんで」

綸太郎が改めて見つめると、得体の知れない鋭さが、さらに痛いくらいに己の身に覆《おお》い被さってきた。錯覚《さっかく》と言えばそれまでだが、ちくちくと針で突かれるような痛みが走るのだ。

やがて、刀身から湯気《ゆげ》のような煙《けむり》がふわっと浮かび上がる気がする。妖気《ようき》ともいえるが、はっきりと目に見えるわけではない。ただ、薄暗い部屋の中で、自らが光を放っているような異様な風情《ふぜい》には、綸太郎といえども尻込《しりご》みするほどであった。数々の名刀を見てきたが、美しさよりも〝えぐみ〟の方が溢《あふ》れている気もしてきた。

「やはり、人に見られる刀とは違う……どこぞ、埋もれたまま生きているというか、縁の下の力持ちというか……」

魔除《まよ》けの刀といったところであろうか。神事である相撲《すもう》でも、土俵《どひょう》の天蓋《てんがい》を支える四本の柱は、青龍《せいりゅう》、白虎《びゃっこ》、朱雀《すざく》、玄武《げんぶ》の意味があって、それぞれに守り刀が添《そ》えられてある。揉《も》め事があれば、行司《ぎょうじ》はその刀を掲げて〝物言い〟をする。つまり、柱と刀は一体となって、大切な権威を堅持《けんじ》する意味合いがあった。

「てことは、なんですか、若旦那……」

と、峰吉は不思議そうに目の前の刀を眺めながら、

「この刀も、どこかの神社とか寺とかの柱に埋めこんで、本殿を守るという〝隠し

刀〟やと言うのどすか？」

　ふつう守り刀は、壁に額のように飾られたり、玄関や床の間に置かれたりするが、隠し刀とは人に見えないところに潜《ひそ》ませるものである。天井裏、押し入れの奥、床下など様々だが、建物を建てる際に、梁《はり》の隙間《すきま》に置いたり、大黒柱の中に埋めこんだりすることもある。秘密事を与《あずか》る側近のことを懐刀《ふところがたな》というが、それに似た意味あいもあろう。

「では、この刀はひとつではなく、同じものが幾つかあるというのでっか？」

「恐らく対《つい》に……つがいともいうが、二本あると思われる」

「どうしてどす？」

「見てみい……」

　と綸太郎は切っ先を篤《とく》と見せた。

「ほんのわずかやが、レの字形に欠けてるやろ。これは、相方にも同じような欠損を作っておいて、割り符のようにきちんと合わせられるようになってるのや」

「へえ」

「四天王ならば、こういう造りはせずに、彫刻の紋様を合わせる。さしずめ、竜虎《りゅうこ》の片割れというところやろうな」

　綸太郎は改めて、太刀をまじまじと見た。

「だとすると、もう一振りの刀が、どこかにあるということでっか？」

「さあ……どこぞに埋まったままかもしれんしな。いずれにせよ、もう一振りと一緒になりたいことは確かかもしれんな」

「一緒になりたい？」

「そりゃそうやろう。人でも鳥でも、必ず相性の合う人がおるはずや、二世《にせ》を誓う夫婦のようにな。この刀もきっと会いたがっとるはずや、相方にな」

　しみじみと語る綸太郎に、峰吉は噴《ふ》き出しそうな顔になって、

「何を言うてますのや。若旦那もわても、まだ女房ってものを貰《もろ》うてまへんがな」

「俺はまだまだ若いが、おまえはもう無理やろ」

「へへへ。歳なんか、すぐに取りまっせ。今のうちに、桃路でも、『喧嘩堂』のお丁でも貰っておいたら、どないどす」

　と鼻の下を伸ばして、峰吉はなぜか知らぬが楽しそうに笑った。

「なんや、おまえ。まだあのお丁と『おたふく』でつるんでるんかいな」

「エッ。ええ……まあ……」

「結構なことやけど、俺はどうなっても知らんで。まあ、おまえに、その気があるの

ならば、ええけどな」

「は？」

キョトンとなる峰吉に、綸太郎は苦笑混じりに続けた。

「まだ知らんのか」

「何がどす」

「お丁……あいつは男やで？」

「は？」

「いや。男の姿をして生まれた女というか、心が女やから、娘の姿をしてるというか……俺はあいつを抱きしめたときに感じたのや」

「へ？」

「小さい頃から、自分は女の子やのに、寺子屋でも、男の子としか遊べないから悩んでいたのやと……でも、よみうり屋になるなら、いっそのこと女の方が何かと役に立つ。ネタを仕入れに行くときも、相手が女だから脇が甘くなって、色々と話してくれるとか。しかも、桃路顔負けのあの器量やからな……まあ、それはそれでいいが、俺にはどうもな……」

「なんのことです？」

峰吉はピンときていないようだったから、綸太郎はそれ以上、何も言わずに、人形浄瑠璃《じょうるり》の一件では、内海に相当絞《しぼ》られたことを思い出話のようにしながら、

「どんなものでも、人の情念が絡《から》んだら大変なことになるっちゅうこっちゃ。もちろん、心を持つのは人だけとは限らん」

「そりゃ、草木はもとより、人が作ったものにでも、霊魂《れいこん》は宿りますさかいな」

「殊《こと》に、刀にはな……」

どんどん刀身の輝きに吸い込まれて行くと同時に、眩惑《げんわく》のようなものが広がって、俄《にわか》に綸太郎の脳裏に不思議な光が漂《ただよ》った。

預かっている例の仏像を見たときと同じような感覚だった。以前にも見たことのある、心地よい橙《だいだい》色の温かい何かに包まれて、意識が遠のいた。

いや、遠のいたのではない。その太刀が綸太郎の脳裏に、遠い遠い、いにしえの出来事を映し出そうとしているようだった。

二

天平《てんぴょう》十五年（七四三）――。

聖武天皇《しようむ》が、紫香楽宮《しがらきのみや》で金銅の盧舎那《るしやな》大仏を造る詔《みことのり》を出した。

それに遡《さかのぼ》ること十五年、聖武天皇の皇太子が、国中を恐怖のどん底に陥《おとしい》れたはやり病で他界していた。

わずか一歳になったばかりの、わが子の亡骸《なきがら》を見た聖武天皇は嘆《なげ》き悲しみ、天を怨《うら》み地を呪《のろ》って、ひと月の間、泣き続けた。

そんな噂《うわさ》が下々《しもじも》の者に伝わった頃のこと。

素那《そな》と名乗る一人の下級役人が、奈良《なら》山の麓《ふもと》に住む、蛇呂《じやろ》という樵《きこり》を訪ねて来た。

蛇呂は持統《じとう》七年（六九三）生まれの、三十五歳になる男で、色黒で眉《まゆ》の濃い、いかにも樵らしい屈強な体軀《たいく》であった。都界隈《かいわい》ではちょっとした名の通った樵である。

なぜ一介《いつかい》の樵が有名だったかというと、諸説があるが、当時、焼失した法隆寺《ほうりゆうじ》の伽藍《がらん》再築や薬師寺《やくしじ》の建立《こんりゆう》に使う材木を、選木するために、諸国の山を歩いた経歴があるからである。

蛇呂は、所謂《いわゆる》、木を選ぶ専門家だったのだ。

父も祖父も樵で、法隆寺西院伽藍建立の時は、聖徳太子《しようとくたいし》の夢占《ゆめうら》によって、建築のための木材集めを任された由緒ある樵一家なのである。

素那は、生駒《いこま》山に沈む夕陽を見ながら、蛇呂の前に座った。

蛇呂の家は、炭焼き小屋ほどの粗末《そまつ》なものだったが、まもなく冬至《とうじ》を迎える気候にしては膝元が温かい。これも、樵ゆえの工夫がしてあるのであろうと、素那は理解した。

「いいえ、何も工夫などしておりません。木の選び方、削《けず》り方いかんで、温かくなるものです」

礼節を尊《とうと》びながら答える蛇呂を見て、只《ただ》の樵ではないと素那は感じ入り、目を細めた。

「ところで……今宵《こよい》、訪ねたのは、他でもない。おまえに、日の本一の巨木……大きな木を探して貰いたいのだ」

「大きな木？」

「大きな木といっても、この辺りには見当たらないほどの大きな木だ」

と素那は言いながら、持参した薄い板を差し出した。

それが、仏殿の『設計図』らしいことは、蛇呂にも一目でわかった。

それにしても、柱の数がやたらと多い。ざっと百本はある。

「驚くのはそれだけではないぞ。この一本の柱は、六丈（約十八メートル）もある。しかも、柱と柱の間隔は、二丈半ほどだ」

と自慢げに述べる素那を、蛇呂は驚愕《きょうがく》の目で見上げていた。

「素那様……これは、一体、どういった建物なのですか？」

素那は大きく息を吸うと、口を開いた。

「大仏殿だ」

「は？」

「大仏殿を造るのじゃ」

先年、皇太子を亡くした帝《みかど》が、その供養《くよう》のために、比類ない大きな廬舎那仏を造ると決心した経緯を、素那は語った。

廬舎那仏の大きさは、高さが五丈三尺もある。帝はそれ以上の大きいものを望んだが、百済《くだら》から来た露盤博士《ろばんはかせ》……つまり、鋳造《ちゅうぞう》技術者や仏師らによると、その大きさが限界だという。帝は渋々ながら、それに承知した。

しかし、ばかでかい廬舎那仏を造るといっても、試算しただけで、十年の歳月、のべ二百万人以上の大事業になるという。そのような大きな事業のために、いくら帝とはいえ、私事で人々を動かすわけにはいかない。

それは帝のはかない夢として終わるであろう、と国の高官は誰もがそう思っていた。

だが、もし、実際に大仏を建立することになれば、相当の準備が必要である。

素那は、来るべき帝の夢の実現に備えて、蛇呂に対して、大仏殿に使える大木探しを依頼したのである。


帝の夢がいつ国家事業として成立するか、そのあてはまったくなかった。

蛇呂は、夢物語のための木材探しを引き受けたのである。

もちろん、そのために、息子の天午《てんご》を同行させることにした。

「――そんな、私は、天午を旅になど出したくありません」

蛇呂の妻・鼎《かなえ》は猛反対した。

天午はまだ十歳。異国の鳥も通わないような山の中を、しかも、いつ終わるかもわからない、果てしない山歩きをさせることはできないというのだ。下手をすれば、一生かかっても探し出すことができないかもしれないのだ。それほど壮大な計画であった。

「いや。帝がお決めになったことじゃ。何としても叶えねばなるまい」

「でも……」

「案ずるな、鼎。わしだって、五つの頃から、やって来たことだ。わしよりも才覚のある天午にできないことはない」

母の懸念《けねん》をよそに、天午はみずから、蛇呂と一緒に旅をすると申し出た。

「天午。覚悟はよいな……森は、人が生まれ、暮らす前から、気の遠くなるほどの年月、神々が棲《す》んで、守ってきた聖地だ。だから、わしら樵の仕事は、神々の怒りに触れるだけで、何ひとつ報われることはない」

「はい……」

天午は大きな黒い瞳を蛇呂に向けて、聞いていた。

「生きているうちに帰れるとは限らん。一生、母さんと会えないかもしれないのだぞ。それでも、わしについて来られるか？」

息子を思う母親の気持ちを、蛇呂は深く分かっていたが、踏《ふ》みにじるのはやむを得まい。それほどの決断だった。

こうして、蛇呂と天午の選木の旅は始まったのである。

長さだけを満足させる樹木なら、近隣の山でも、探せばあるだろう。しかし、大仏殿の屋根は銅《どう》でふき、八十万貫（三千トン）もになると予測されている。その銅ふき屋根を支える太さと強さを持つものは、皆無だった。

杉ならば、比較的各地で見あたった。だが、強さに難点がある。

法隆寺などは檜《ひのき》で造られているが、大仏殿のような大きさになると、石のような固いものが必要だ。しかも、相当の重量に耐えるのは、やはり松が好ましい。中でも赤松が、柱に最も適しているのではなかろうか。蛇呂はそう思っていた。

赤松は四国《しこく》に多く自生していると、祖父から聞いたことがある。

近隣の山城、伊賀《いが》の国は後回しにして、蛇呂と天午は、泉津《いずみつ》から木津《きづ》川、さらに淀《よど》川を下った。

そこから海路で淡路《あわじ》に渡った。淡路島を縦断《じゅうだん》すると、阿波《あわ》までは目と鼻の先だ。

そこまでの旅程はわずか四日だった。だが、大きな鳴門《なると》の渦《うず》に阻《はば》まれ、一月近く足止めをくらい、すっかり雪が降る季節に変わっていた。

蛇呂は仕方なく瀬戸内《せとうち》へ航路を変えざるを得なかった。そして、幸いにも、讃岐《さぬき》の今の屋島《やしま》あたりに、漂着《ひょうちゃく》同然に辿《たど》り着いた。

帝の夢のためとはいえ、時の政府の役人として旅をしているわけではない。海賊や山賊に襲われれば、犬死にするしかないし、行脚《あんぎゃ》僧のように食物や水を里人に要求しても、胡散臭《うさんくさ》い顔をされるのは目に見えていた。

だが、心配したほど、余所《よそ》者だからといって、辛い目にはあわされなかった。食うものも食えた。

当時、旅人は非常に珍しい存在だった。ゆえに、——神様のしもべだ。

と信じている者も多かった。無下《むげ》に扱えば、神様がどこかから見ていて、罰《ばち》をあてられると思っていた。だからこそ、見知らぬ旅人には、案外、親切だったのである。

衣食の心配よりも辛かったのは、足腰の疲労である。特に足の裏は酷《ひど》いものだった。何度も豆ができ、皮が剝《は》げ、小石や岩肌ですり、感覚が麻痺《まひ》していた。

讃岐の山は低く、歩きやすかったが、伊予《いよ》国に入るとこれはもう深くて高い。土佐《とさ》も似たようなものだった。仮に大仏殿に相応《ふさわ》しい樹が見つかったとしても、伐採《ばっさい》して運び出す手段がない。

「ここまで、数ヶ月もかけて歩いて来て……何もできなかったじゃ、ばかみたいですね」

と天午はうなだれて言った。

まだまだ幼《おさな》い息子が乞食《こじき》同然の汚れた顔をしているのを見て、蛇呂は胸に釘を打たれた気がした。しかし、蛇呂はあえて天午を見据《みす》えて言った。

「おまえは、そのような気持ちで、父について来たのか？」

わけがわからない、という顔で天午は、眉間《みけん》に皺《しわ》を寄せた蛇呂を見上げていた。

「父は子供の頃、一本の樹を探すために、丸四年間、山の中を歩いたことがあるし、おまえが生まれる前の話だが、十二年も諸国の山を歩いた」

天午はじっと見つめて聞いている。

「父の父は、その倍も山の中を歩いて暮らしながら、帝のため、国のための樹を探し続けた。そして、それだけ歩いたに相応しい立派な樹を見つけだしてきた」

「はい」

「それがわしらの仕事だ。仕事とは天からの宿命だ。五十年でも百年でも、生きている間は探し続ける覚悟が必要なのだぞ」

「でも……」

と反論しそうになる天午の口を蛇呂は封じるように続けた。

「無駄な旅をしたと言いたいんだろう。だが、この世の中には、無駄なことなど一切ない。この四国には、もはや、大仏殿を造るに相応しい樹はない。それが分かっただけでも無駄ではあるまい？」

「しかし、ただただ、ひたすら当てもなく歩いていて、果たして、私たちはむくわれるのでしょうか」

「当てもなくだと……！」

蛇呂はそれは違うと否定した。

樹を探すとは、すなわち、山を探すことだ。

仮に一本の素晴らしい樹があったとしても、その一本の樹で寺や宮は建たない。同じような素質を持った樹が沢山《たくさん》必要なのだ。

同じ檜でも、山城の樹と讃岐の樹は、その土壌の関係でどうしても異質なものになる。それらを、同じ建造物の同じ柱に使うと、長年経つとどうしても歪《ゆが》みが生じるのだ。

つまり、ひとつの山を探すことが、一本の樹を探すことにつながる。

「大海に落とした針を探すのとは、わけが違うぞ。いいな」

と蛇呂は言った。

天午は聡明な子供であるから、蛇呂の言わんとすることを直観的に理解した。

「私たちはそれでいいです……でも、お母さんはどうなるのです？　いつ帰って来るかもわからない私たちを、毎日毎日、奈良山でひとり待っているのですか」

「そうだ。それが母の務めだ」

「…………」

天午は納得しかねる顔ながら、軽く頷《うなず》いて遠くを見た。

切り立った石鎚山《いしづちさん》の白嶺《はくれい》に霞《かすみ》がかかっていく。

「お父さん……これから先のことも、あの霞のように、何も見えませんね」

「だが、いつかは晴れるよ」

蛇呂は身の回りに冷たく下りてくる霞に向かって歩き出した。

天午はその後をついて行くしかなかった。

三

「大丈夫ですか、若旦那……若旦那？」

峰吉の声で我に返った綸太郎は、しばらく茫然《ぼうぜん》と太刀を手にしたまま、辺りを見回していた。ぐらりと刀身が傾いたので、峰吉はそれを柄《つか》のところで支えながら、

「危ないなあ、まったく。しっかり、して下されや」

綸太郎がふと文机《ふづくえ》の蠟燭《ろうそく》を見やると、まだほとんど短くなっていないことに気づいた。

「……峰吉。俺は、どのくらいこうしていたのや」

「どのくらいて、ほんのちょっとの間どす」

「ちょっとの……」

「まったく、刀に魅入《みい》られるのはよろしいが、人に向かってグラつかんといて下さいや。こっちの頭が瓜《うり》みたいに真っ二つですわ」

「そうか、真っ二つか……木材もふたつに分けられると困るな」

「ハア？」

「うむ……実はな、峰吉……」

と綸太郎は瞬間に見た幻影《げんえい》の話を、克明にしたが、峰吉はまたぞろ、バカなことを言い出したと呆れ果てた。それこそ心が病んでいるのではないか、というような言い草で、

「今度は若旦那が輪廻《りんね》でっか？　その樵の息子が俺だなんて言い出すんやないでしょうな、あの生まれ変わった仏師のガキみたいに」

「仏師……ああ……」

と床の間に置いたままの、阿弥陀如来《あみだにょらい》坐像を見やって、金色《こんじき》に輝いている姿から、京にいるときに何度か奈良に訪ねて見た金剛盧舎那大仏を思い出していた。

「そや……この刀、大仏殿と関わりあるのやもしれへん……大和に行ってみるか」

思い立ったように綸太郎が言うと、峰吉は半分、怒りを露《あら》わにして、

「ええ加減にして下されや。この太刀かて、只で仕入れたのんとちゃいますからな。旦那の目にかなったからこそ、えらい無理をして、旅の僧から……」

と言いかけた。そのとき、アッと綸太郎が立ち上がった。

「この太刀を持って来たあの僧侶……もしかしたら、大仏様の使いとちゃうやろか」

「は？」

「大仏殿には、持国天《じこくてん》、増長天《ぞうちようてん》、広目天《こうもくてん》、多聞天《たもんてん》の四天王という守り神と、日光菩《にっこうぼ》薩《さつ》、月光菩薩《がっこうぼさつ》という両脇侍《りようわきじ》があるが、あの顔はたしか……広目天やないやろか……なんとも味わいのある顔をしてたしな」

「何をアホな。どうせ食い詰めて持って来ただけでしょう」

「どこの僧侶だった」

「自分では俊乗坊重源《しゆんじようぼうちようげん》の子孫だと名乗ってましたが、眉唾《まゆつば》もんでっせ。まともに相手にしてはあきまへんがな。でも、この刀剣だけは……」

「ああ。たしかなものや……重源といや、平重衡《たいらのしげひら》が興福寺《こうふくじ》を焼き討ちにしたとき、東大寺《とうだいじ》の伽藍もほとんど焼けた。その再興に働いたのが重源や……何か因縁《いんねん》があるのかもしれへん」

「まさか……」

「峰吉。おまえは、その僧侶を探して来い。まだ江戸のどこぞにおるやもしれへん」

「でも、若旦那……」

「ええから、行って来い。俺は……俺はもう少し、この太刀の輝きを見ていたいのや。ほんまに、これは凄《すご》いものや……」

何かに取り憑《つ》かれたように、綸太郎はさらに見入っていた。

そして、さらに深みにはいっていった——。


年が替わって、梅の蕾《つぼみ》が芽生えた頃、蛇呂と天午親子は、日向国《ひゅうが》へ来ていた。

海から三十数里も山に入った白鳥山《しらとりやま》の北嶺を歩いていた。

蛇呂は、その山中に、二十丈（約六十一メートル）近い高さの赤松を見つけていた。天に突き上げたようなその大木は、人の無力さを見せつけるほど、威風堂々《いふうどうどう》としていた。風が吹き荒《すさ》んでいるが、そのような自然の脅威など、まったくモノともしないほどだった。

蛇呂はそれを見上げたり、回りをなんどもうろついたり、邪魔な灌木《かんぼく》を伐《き》り倒したり、根本の土をいじったりしていたが、

「これはいい。うん。これはいい」

と何度も繰り返して言った。そして、三日三晩眺めていたが、結局、伐り出すことはしなかった。

「やはり、これだけの大木ですから、人の手によって、海まで運ぶのは無理ですか」

天午が訊《き》いた。

「いや、運ぶのはむしろ、四国より容易だ。日向ではなく、熊襲《くまそ》の方へ出せば、なだらかな山を下るから、樹を傷めずにすむだろう。しかし……」

「しかし？」

「これだけの樹を伐採するのは、勿体《もったい》ない気がする」

「勿体ない？」

「ああ。これはまさしく神が宿っている木である。私たちが及びもつかぬような、美しく穢《けが》れがなく、そして力強く、我々、生きとし生けるものを見守ってくれる神だ」

蛇呂の言い分を、天午は黙って聞いた。

大仏殿というものは、帝一人の夢のために造るものだ。しかも、その夢が実現するかどうかも、まだ定かではない。いくら天下人の命令とはいえ、その天下人よりも偉い神が創った天然の樹を伐ることは、自らの足を伐ることよりも痛いことだ——と蛇呂は切実に感じたのである。

「でも、折角《せっかく》、このような立派な樹を見つけたのに……」

と天午は口惜しそうに繰り返した。できれば、早々と持ち帰り、帝に喜んで貰いたいという思いがあった。それは母親に会いたいという望郷の念の表れでもあった。果てしない旅だと思っていたが、すぐにでも終止符を打てるのかもしれないという甘えもあったのは事実だ。

蛇呂は天午の気持ちは充分承知していた。が、帝よりも偉い方、あるいは、自然そのもののために、これだけは伐ってはならない樹を見つけることも必要だと、蛇呂は天午に教えた。蛇呂は、人の営《いとな》みよりも大切な大きなものが世の中にあることを、長年の山歩きによって理解していたのである。

余談だが——。

後世、江戸時代になって、奈良大仏殿の再建の際、この日向国の大樹が伐採されて、薩摩から海路で奈良まで運ばれた。それは蛇呂の発見と関係はないが、時代を経た因縁めいたものを感じられよう。

ともあれ、蛇呂は日向の大樹を伐採せずに、その足で肥後国《ひご》へ入って行った。

山桜の芽がふき、花が咲き乱れ、そして、風に散っていく変化を楽しみながら、蛇呂と天午は山里から山里を歩き続けた。どれだけ月日が経ったのか、親の目にも、天午の体がしっかりと肉づき、背も高くなってきたような気がする。

ある日——。

雷鳴と豪雨に祟《たた》られた蛇呂天午親子は、誰が造ったのか分からない小さな社《やしろ》に身を置いていた。

すると、一人の農夫が後から社に入って来た。

農夫は、乞食のような蛇呂たち親子を見て、余りにも哀れになり、なぜか急に涙ぐんだ。それほど見窄《みすぼ》らしかったのかと、天午は惨《みじ》めになったが、蛇呂は他人様の親切は素直に受け入れるべきだと諭《さと》した。

雨がやむと、農夫は二人を、近くの矢部《やべ》という村にある自分の家まで連れて来た。

蛇呂の家に比べても、粗末な板張りの家であった。

だが、農夫は山菜や鳥肉の入った粟《あわ》の粥《かゆ》を出してくれた。

蛇呂は農夫に感謝して、山菜の入った粥を食べた。小石のように歯ぐきを刺激する粟粥だった。ぼそぼそとしていて、噛むにも不自由するような、決して美味《うま》いとはいえないものだった。

だが、いつも里人に恵んで貰った干し芋《いも》しか食べたことのない天午は、胸の奥から、感激に似た熱いモノが込み上がってきて、涙を流しながら、口をとんがらせて粥をすった。芯《しん》から躰《からだ》がぬくもった。

蛇呂は、感謝のしるしにと、帝の刻印のある五穀豊穣《ごこくほうじょう》の札を渡した。

「——御帝の……！」

農夫はありがたく受け取った。とはいえ、当時、神は近くの山や谷に住んでいると考えられており、毎日のように祈っていたから、実のところ、帝の発行した札がそれほどありがたかったわけではない。

農夫はおもむろに、蛇呂に話しはじめた。

「実は……あなたを旅の樵と見込んで、お願いしたいことがあるとよ」

粥を御馳走《ごちそう》したのは、ある願い事をしたかったからのようだ。

その願いとは、家出した娘を捜して欲しいというものだった。

「娘さんを、な……」

家出娘を捜すとは、樹を探すより大変なことだと蛇呂は思った。

肥後の国に限らず、天平の頃は、樵が諸国の山を歩き、欲しい樹を探すのは仲間うちでは常識であった。中世からのサンカのように集団的な行動はしなかったようだが、神が宿ると信じられていた山を歩き回る樵は、平野で暮らす農民にとっては、一種の畏敬《いけい》のようなものを抱く存在だったのである。

「娘さんを捜して欲しいとは……?」

蛇呂は農夫へ問い返した。

「はい、娘は、神隠しにあったとです。なぜかはわからんばってんが、つい、先夜のことじゃ。娘は長門国《ながと》へ連れて行かれ、栄山《さかえやま》というところで、仙人《せんにん》の術で赤松の樹にされたという夢を見たとです」

「夢……」

蛇呂は身を乗り出して聞いた。

夢といっても、現代人の『只の夢』ではない。

その当時は、何者かのお告げとして、笑い話のようだが、現実の書簡《しょかん》と同じように受け取られていた。だから、

「夢で、あなたが来いと言ったので、訪ねて来た」

と相手に述べると、相手は自分が知らない間に、

——そう望んでいた。

のだと信じて、大変なもてなしをしたという。

農夫とて例外ではなく、

「娘が樹にされて動けなくて泣いとる。だけん、なんとか、その樹を伐ってやってく

れんやろうか」

と切実に、蛇呂に訴《うった》えたのである。

――赤松の樹にされた娘を捜し出してくれ……。

とは、なんとも不思議な話である。

しかし、農夫の夢を信じた蛇呂は、

「任せて下さい。必ずや、あなたの娘を捜し出しましょう」

と言って、長門国まで行こうと決心したのであった。

だが、肥後から長門までは、道もない山また山を越えて行かなければならない。

いつ娘を連れて帰れるか、あるいは娘を発見できたとしても、伐ることができるかどうかは約束できないと、蛇呂は農夫に語っていたが、一刻でも早く、捜し出したいと念じていた。

こうして、蛇呂と天午は、行く先を長門国と決めて、九州山脈《きゅうしゅう》を北上したのである。

四

無数の星が輝いて、空は銀色に染まっていた。

月がなくても明るい。それだけ、蛇呂と天午が歩く山道は、地獄の底のように漆黒《しっこく》の闇《やみ》だということであった。

桜はとうに散り、うだるような夏が過ぎ、秋の気配がそこかしこに舞って来た。雪崩《なだれ》のように落ちる枯れ葉が、蛇呂と天午を包む頃、那《な》ノ津《つ》を経て長門国に着いた。途中、目を見張るほどの樹には出くわさなかった。

長門国は篠原山《しのはらやま》の中腹――。

すぐ眼下に壇《だん》の浦が見渡せる所に、天に聳《そび》える太い赤松の樹を、蛇呂は見つけた。

表皮は人の指ほどの厚さがあり、長年鉋《かんな》や鑿《のみ》を使った大工の手のようにごわごわしていた。蛇呂はかさぶたのような表皮に、いとおしげに唇で触れてみた。

渋さの中に、陽を吸収した甘味がある。

樹は、人の目の届かぬ高さから、一身に陽の暖かさや雨のやさしさを受け取り、やはり人の目に触れない地中深く広がった根から、精霊の肥《こ》やしを吸ったことだろう。

そうして、何百年も生きて来た鼓動が聞こえる。蛇呂にはそう感じられた。

天午は、父がまるで百年来の恋人と再会したようにいとおしんでいる姿を見て、ぎこちない微笑《ほほえ》みを見せた。樹には男と女の魂が宿るという。さしずめ、父の目の前の樹は女というところか。

「そんなに嬉しいですか、お父さん」

「ああ。こんな樹を見たのは初めてだ」

「まさか。もっといい樹はあったでしょう」

「そりゃ立派な樹は沢山見たよ。でもな、人と人がそうであるように、樹と人間にも目に見えない相性というものがあるんだ」

「相性？」

怪訝《けげん》そうに尋ねる天午に、蛇呂は目を潤《うる》ませながら続けた。

「そうだ。それが一番大切なのだ」

「へえ……そんなものですか」

「おまえにも、いずれ分かるときがくるであろう」

「……………」

「やっと、巡《めぐ》り合えた……そんな気持ちで一杯になるのだよ」

樹も鳥も人間も、同じ命という器の中で生きている。ある人間として生きていた魂《たましい》が、次の世代では、樹になるかもしれない、鳥になるかもしれない。蛇呂に限らず、当時の人間はみなそう理解していた。

だが、まだまだ子供の天午には、よくわからなかった。

実感が伴わないのだ。

樹に魂があるといえば、あるような気もする。指の先ほどの苗《なえ》がどんどん生長して、数百年も生き続け、今見上げているような大樹になるのだから。

「よし、この樹に決めた」

蛇呂は満足そうに何度も頷きながら、その大樹をいとおしげに叩き続けた。まるで、気に入った馬の尻《しり》に触れているように、実に楽しげであった。

「後で、来るから、それまで待っていておくれよ……さて、次は、どの樹にするかな」

樹に別れを告げて背を向けると、蛇呂は山奥に向かって歩き出した。

天午はついて行きながら尋ねた。

「今の樹は、伐らなくていいのですか?」

蛇呂は何を言い出すのだという不審《ふしん》な顔で振り返って、

「伐ってどうするんだ?」

「どうするって……私たちは、大仏殿を作るための大木を探して、諸国を歩き回って来たのではないですか。お父さんが言うように、やっと巡り合えたのに、このまま置いていくのですか」

「こんなでかい樹を、ふたりだけで、どうやって都まで持って帰るつもりだ?」

「そりゃ、そうですけど……」

天午は承服できない口振りである。

「それに……今の樹に目印も、つけないのですか? 後で伐りに来るにしても、目印がないと分からなくなるでしょ」

天午がそう尋ねると、蛇呂は何がおかしいのか、ゲラゲラと大笑いしながら、腹を抱えるように歩き出した。

「分からなくなるもんか。何年後に来ても、いや、何十年経とうとも、この樹は俺のことを覚えてる。もちろん、おまえのこともな」

「樹が覚えてる?」

「ああ」

「私のことも?」

「ああ。だから目印なぞ要らない。今度来る時は、目をつむっていても、樹の方から教えてくれるだろうて」

蛇呂は、まるで樹が自ら人を呼び、伐られるのを承知しているとでも言うように、実に嬉しそうに語った。

「樹が呼ぶのですか？」

「その通りだ」

「本当に？」

「おまえにも、いつか、きっと分かる日が来るよ」

蛇呂は、その辺りで数本の赤松を見つけ、同じように抱きついて愛しげに叩いた。

そのどれもに目印をつけないまま、力強く山を登りはじめた。秘密の漁場を見つけた、釣《つ》り人のような高揚《こうよう》した気分であろうか。意気揚々としている蛇呂を、天午は頼もしげに見ていた。

二人は、尾根沿いに山を東へ進んだ。

そのたびに蛇呂は、自分の心と交わる樹を見つけては、

「また来るよ」

と声をかけて立ち去るのであった。

しかし……何日たっても、熊本で頼まれた、樹にされたという娘を探すことはできなかった。天午はそれがずっと気がかりだったが、父親は常に冷静であった。

「焦《あせ》るな。そのうち見つかるよ、必ず」

蛇呂が言う言葉はそれだけだった。

都を出て、丸二年が過ぎようとしていた。

天午の背丈は、二寸（約六センチメートル）ほど伸びたし、肩や胸、腰のあたりにも筋肉がついてきた。しかし、まだまだ少年の躰だ。岩のような蛇呂の肉体に比べたら、まるで柳《やなぎ》であった。

百本の柱が必要な大仏殿のために、すでに数十本は選木してきた。だが、蛇呂はともかく、天午はどの樹がどこにあったか、ほとんど覚えていない。やはり樹に印をつけてくるのだったと、天午は後悔した。

ある日、蛇呂が見つけた樹に目印をつけるために、天午は木肌を刃物で傷つけた。

途端、蛇呂は天午の頬《ほお》をはたいて、叱りつけた。

「何度も言わせるな！　目印はしなくとも分かるッ」

「でも……」

天午は眉を下げて、蛇呂を見上げた。

「樹に傷をつけるな」

「そんなこと言ったって、どうせ伐るのでしょう?」

「伐るまでは、傷つけるな。それが礼節というものだ。——分かるな」

蛇呂はいつになく真摯《しんし》なまなざしで、天午を見つめた。責めるのではない。諭す目であった。

「もし、わしが死んで、おまえ一人で探すようなことがあっても、必ず見つけ出せる。分かるな？」

「…………」

「おまえが覚えていなくとも、樹の方がおまえを覚えている。このことを肝《きも》に銘じておくことだ」

「——はい」

理解を超えていた。だが、天午は頷いてみせるしか術《すべ》を知らなかった。天午が山をさまよった二年間という長い月日は、森の樹々にとってはほんの短い時間だとでも言うのだろうか。だから、覚えていられるのだろうか。

五

「若旦那……ちょっと、よろしいですか、若旦那……」

何処《どこ》か遠くで女の声が聞こえる。

ぼんやりとしていた綸太郎は、また深い眠りについていたようだった。すでに明け方になっており、障子《しょうじ》越しに眩《まぶ》しいほどの光が、座敷に温かそうに射し込んでいた。

「ねえ、若旦那……よろしいですか？」

店を振り向くと、桃路が立っていた。いつもの芸者姿ではなく、自慢の黒髪も櫛巻《くしま》きにしただけで、秋が深まっているというのに、まるで浴衣《ゆかた》のようないでたちだった。

「朝湯に浸《つ》かってきたんですよ。ねえ、旦那ア……ところで、あれ、どうします？」

「あれって？」

「床の間の仏像ですよ、梅吉ちゃんのお父っつぁんが作ったという阿弥陀如来」

「あ、ああ……」

心ここにあらずの綸太郎の顔を、桃路は不思議そうに覗き込んで、

「大丈夫？　どうかしちゃったんですか？」

「あ、いや……ちょいと居眠りをな」

「居眠りって……もう朝ですけど」

「うむ。まあ、桃路に言っても信じないから言わぬが、ちょいと時を超えた旅をしてきた。どこだか分からぬが、何となく懐かしくてな」

「信じますよ、若旦那の言うことならば、なんでも」

桃路はそう言って、自分も骨董《こっとう》を通して、自分のいない世の中に行ったような、不思議な体験をしたことを思い出していた。

「そうか……」

綸太郎は詳しくは話さなかったが、桃路は仏像のことが気になっており、なんとしてでも梅吉に戻してやって欲しいと言っていた。これは、例の盗賊の一件で北町奉行定町廻り同心の内海から、預かっているものだが、盗まれた金から彫像《ちょうぞう》にしたものとなると、被害を受けた者に返さねばなるまい。

しかし、二十年も前の話だし、どこの誰が被害を受けたのかは不明であるから、真相が判明するまで、綸太郎が〝管理〟していたのだ。できることなら、梅吉に譲《ゆず》って、暮らしを楽にさせてやりたいのだが、職人の父親が拒絶しているのだ。息子の前世の親の〝遺産〟を受け取る謂《い》われはないと。

「その仏像、私に貸してくれないかな」

「え？」

「夢を見たんだよね、この前」

「――夢……」

「うん。その仏像を見ていると願いが叶うっての。だから、ちょいと私もおこぼれに与《あずか》ろうってね」

「別に構わへんが、これは邪心《じゃしん》があったとはいえ、なかなかのものや。こういう仏像は、人が作ろうと思っても、なかなかできない」

「人が作ったものじゃないの？」

「そうではなくて、なんと言ったらよいか……人を超えた、神様のような誰かに作られたものに近い。いずれ、入るべきところに入る仏像のような気もするのや」

「難しいことは分からないけれど、ちょっとくらい、いいでしょ？」

「まあ、ええが……」

と綸太郎は少しばかり、嫉妬《しっと》めいた目になって、

「一体、何を願いたいのや？」

「それは聞かないのが花でしょう。大体が、願い事は人には言わないものですからねえ。でしょう、若旦那」

じらすような目を流した桃路は、ほんのわずかに微笑んで、

「でも、ひとつだけ教えてあげる」

「ん？」

「愛しい人と、もう一度、会えることを願っているんです」

「それなら、おまえはもう……」

「あ、その話はしないで下さい。私には別にいるんですから……もう千年も二千年も待ち続けている人が……うふふ」

金の仏像を大切そうに抱えると、桃路は表通りに出た。

途端、曇天《どんてん》になったかと思うと、激しい雷雨となった。

ピカピカ！　ドドドン——！

余りにも凄いので、綸太郎は図らずも目を閉じてしまった。次の瞬間、瞼《まぶた》を開いて、店先に目を移すと、桃路の姿は消えていた。すぐさま綸太郎は表の白格子の扉を開けたが、激しく雨は降り続けているものの、桃路の姿はもうどこにもなかった。

「あれ……？」

綸太郎は不思議そうに見廻したが、さらに強く雨が吹き込んで来たので、軒下《のきした》にも出ずに、茫然と立ち尽くしていた。

さらに、閃光《せんこう》が広がって、同時に、鼓膜《こまく》が裂《さ》けるような雷鳴が轟《とどろ》いた。


蛇呂と天午親子は、長門国の周辺を、更《さら》に半年程、巡っていた。

旅に出て、三度目の冬を越した時のことである。

蛇呂は、風邪をこじらせた。

珍しいことであった。天午は物心がついたときから、父が病になったのを、見たことがない。仕事などで怪我《けが》をすることがあっても、痛いと一言も洩《も》らすことはなく、淡々《たんたん》としていた。ましてや、風邪ぎみなことがあったとしても、ぐいっと酒を薬代わりに飲んで、平然と仕事に出ていた。

しかし、今回は長旅が続いたせいか、いつもとは様子が違っていた。

日毎、苦しそうな息遣いになった蛇呂は、もはや鬱蒼《うっそう》とした堅牢《けんろう》な山を踏破《とうは》することはできなかった。多い時は、一日に十里の山道を歩いたが、風邪を引いてからは二里が限界だった。

日に日に、蛇呂の躰は弱っていった。

岩のような躰から精気がなくなり、肩や腕の筋肉が削《そ》がれるように落ちて来た。まるで骸骨《がいこつ》のような体つきになって、張りのある声も、弱々しくなって、話す仕草も溜息が洩れているようだった。

梅が咲き、鶯《うぐいす》の声が谷間に流れる頃、蛇呂は一言だけ言い残して、紅梅の香りが漂う丹波《たんば》山中で息を引き取った。

「俺は樹になって、いつまでも、おまえを守ってやる」

人里離れた山の中で、蛇呂は孤独《こどく》に死に、天午は孤独に看取《みと》った。そして、蛇呂の亡骸は、かねてから本人が言っていたとおり、樹の栄養にするために、土に埋めた。

天午はまだ十三歳になったばかりだ。つっかえ棒を失った虚《むな》しさを感じるゆとりもなく、せっせと蛇呂の眠りの地を掘った。

掘りながら天午は考えた。

——父は、生まれてずっと、山の中を歩き回って、歩き回って生きて来た。俺も、それを引き継いで歩き続けなければならない。でも、本当に父はそれで幸せだったのか。

樵として生まれたからには、樵として生き、樵として死んでいって当たり前だ。だが、どこか違うのではないか。この世に生まれたのに、山の中で樹を探すだけで終わっていいのか。天午はそう思っていた。

樹を探すことと、人生の意味を探すこととが、どこかで結びついているとでも言いたげに、蛇呂は天午を連れ歩いた。しかし、それは修験者《しゅげんじゃ》の悟《さと》りを開くための行為とは違うはずだ。

蛇呂や天午が出会うのは、神や仏ではなく、樹なのだ。

——そうだ。樹と出会わなくてはいけないのだ……。

天午は、蛇呂が身につけていた木の実で作った数珠《じゅず》玉と遺髪を抱いて、一路奈良の都へ戻ろうとした。

その時——。

「なぜ戻る。なぜ、樹を探さないのだ」

と天から蛇呂の声が聞こえた。

錯覚に違いないと天午は思ったが、東へ東へ進むほど脳裏に響いて離れなかった。

天午は、蛇呂と一緒に歩いていたときの、数倍の疲労を感じていた。唯《ただ》ついて歩いているだけと、使命感を持って、大樹を探すのでは天と地の差があった。

樹、樹、樹……。

天午の胸の中は、樹を探すことで一杯だった。樹を探し出して都に帰らなければ、母になんと報告すればよいのか。

父の死を伝えるためだけの旅でよいのかと、天午は常に自問自答していた。

それにしても、何も浮かばない。

蛇呂に教えられて来たように、樹の魂を感じない。何も感じないまま空虚《くうきょ》に時が過ぎていくばかりだ。

――嘘だ！　樹の方から語りかけてくれるなんて、嘘っぱちだ。辺りには無数の樹がある。でも、どれも話などしない。ただ、そこにあるだけだ……言葉も魂もありはしないんだ。

天午は狂わんばかりに躰を振って、一目散《いちもくさん》に里に向かって走り出した。

宮ノ津《みやつ》に出て来た天午は、遠く霞がかかって難波《なにわ》の津が見渡せる浜辺で、一人の娘に出くわした。

娘は、脱いだ着物を松の枝にかけ、たった一人で水浴びをしている。近くの漁師の娘であろうか。

天午の胸に初めて、甘酸《あまず》っぱい思いがよぎった。

血が逆流したかのように、頰が火照《ほて》り、胃の腑の奥に重い鉛《なまり》が沈んだような気分であった。

木陰《こかげ》に身を伏せて、天午はまっ裸の娘の水浴びをみていた。まるで天女のような、しなやかな白い肌であった。

――ごくり……。

正直な感情が、天午の全身に溢れた。天午は娘を抱き締めたいと思った。まだ充分に熟れていない白くて小さな乳房が、天午には眩しかった。細い首、肩、柔らかそうな両腕、しなやかに蠢《うごめ》く腹、腰、匂いたつふともも、膝、しまった足首……すべて、海面の波の光を反射して、白く滲《にじ》むように輝いている。

やがて、娘の方も天午の目に気づいた。

驚いたような、困惑したような兎《うさぎ》のような目で、天午を見つめ返した。天午も目を逸《そ》らさなかった。

娘は慌てて、松の枝にかけてある着物を取って躰を覆うと、波うち際を一目散に走って行った。

天午は追った。

だが、まるで妖怪か何かのようにスーッと音もなく、娘は走って逃げた。天午は足腰に自信があったが、娘に追いつくことはできなかった。天午はもどかしい。屛風《びょうぶ》の中の絵をつかもうとして叶わないような、じれったい気持ちであった。

陽の光に眩惑されて一瞬目を閉じた天午は、その隙に、娘を見失ってしまった。

——会いたい……もう一度会いたい……。

天午の心は揺れた。初めて感じる、限りなく強い欲望であった。

六

たった一度だけ見かけた娘のことを胸に秘めて、天午が都に帰って来た時には夏も終りに近づいていた。

母は天午の無事な帰還を喜んだが、夫の蛇呂の死を知って愕然《がくぜん》となり、放心したように泣き崩れた。

天午が初めて見た母の涙であった。天午は何も言わず、母の細く縮んだ肩をひしと抱きしめていた。

「お母さん……」

「いいのです。あなたが帰って来てくれたのは、あの人が一緒についていてくれていたからでしょう。ええ、躰は病に倒れても、あの人の魂はいつも、ここにあるのですから」

悲しみの淵《ふち》から、ふと我に返った母は、改めて天午の日焼けした逞《たくま》しい顔を見た。

「大きくなったね。出て行く時には、小さくて、ひ弱だったのに……」

と天午の頭を掌《てのひら》でなでてみせた。

母の肌触りと宮ノ津で見かけた娘の肢体とが重なり、天午は照れて、離れた。

「躰だけではない。心も随分《ずいぶん》逞しくなったようだね」

母は、自分の息子を一人の男として見上げていた。

――逞しくなった……。

それを嬉しく思うことに嘘はない。しかし、母親として、息子をもうこれ以上山歩きさせたくないと思った。蛇呂には口に出して言わなかったが、天午には素直になれた。自分が産んだ息子だから、当然かもしれない。

「折角、無事に帰って来てくれたのだから、もう、何処にもいかないでおくれ。庶民が暮らす為に必要な仕事だけをすればいい。そのうち、お前に相応しい嫁を貰って、平穏無事に暮らしていくがいい」

母親は唯それだけが願いだった。近頃は、防人《さきもり》として西国に送られて、そのまま戦《いくさ》に巻き込まれて死ぬ若者も多かった。息子を失って泣いて暮らしている母親を、鼎は沢山見てきている。だからこそ、ずっとそばにいて欲しかったのだ。

しかし、天午は母親に敢然《かんぜん》と反発した。

「父がやり残した仕事は、私がなし遂《と》げたいと思います」

「そんな……」

「もちろん、父と探した樹を、果たして、もう一度、私が見つけだせるかどうかは分かりません。しかし、今度、私が旅立つときは、お役人も何人か連れて行き、実際に伐採して、この都に運んで来ることになるでしょう。その時までに、樹の魂を感じられる、そんな樵になっていたいのです」

「天午……」

「私は、この命に代えて、大仏殿に必要な大樹を持って帰って来ます。それが、父との男と男の約束ですから」

たった一人で、夫と息子の帰りを今か今かと待ち侘《わ》びていた母が、息子から聞かされた言葉は、冷酷なものであった。母にはそう感じられた。

——でも、これが宿命なのかも……。

鼎はもうそれ以上、何も言わず、黙って頷いていた。

わずか二、三日だけ躰を休めて、天午は蛇呂と共に樹を探しまわった諸国の山々のことを、依頼人である役人、素那に報告した。

素那は、父親の樵としての生きざまを讃《たた》えて、天午に対して、それなりの金子《きんす》と帝に仕える者としての身分札を与えた。

言わば御用樵として、その後も、珍重されることとなった。

天午は奈良山で樵の修行を更に続けて、神社仏閣の建築や改築の際には、必ず選木を命ぜられ、山科《やましな》や丹波、比叡山《ひえいざん》の山中を歩き回った。

幾たびかの春が過ぎ、幾たびかの冬を越して——。

天午は二十五の凛々《りり》しい青年になった。

その間、大した病にもならず、すくすくと成長し、樵としてもその名が都中に知れ渡るようになった。天午は、蛇呂が死んで後、その偉大さを感じていた。どんな偉い役人の屋敷に出向いても、蛇呂の息子だということだけで、丁重に対応してくれるからだ。

母親の心配の種は、自分がいなくなった後に天午の身の回りの世話をする嫁が欲しいということであった。それに、孫の顔を見たいというのも正直な気持ちである。

すでに家族同然につきあっている素那は、何度も町娘を天午の嫁にと勧めたが、天午には娶《めと》る気など更々なかった。

「なぜ、そうまで、嫁取りを拒むのだ？　もしや、おなごが嫌いなのか？」

「おなごは好きです。町行く娘を見ると、欲しくなります」

「正直な奴。ならば、なぜ……」

天午は素那を遮って言った。

「おなごを悲しませたくないからです」

素那は、納得したように頷いた。

母のように、いつ帰るか分からない夫や息子を、待ち続けさせることはできない。

そう天午は考えていると、素那は見抜いたのである。

「そうか……だがな、天午、待ってくれる人がおればこそ、おまえも安心して、諸国の山を歩けるのではないか？」

天午は毅然《きぜん》としたままである。

「妻たるもの、夫を愛していれば、いつまでも待てるものだ。私はそう思うがな」

「はい。でも実は……」

天午は口ごもったが、思い切って言った。

「私には惚《ほ》れたおなごがございます。嫁にするなら、そのおなごと心に決めております」

素那は素直に喜んだ。

「なんだ。それなら、わしが差し出がましいことをしていただけか？」

天午は、宮ノ津で見かけた、水浴びをしていた娘のことを話した。天午の惚れたおなごとは、その娘のことである。

「なに⁉　たった一度見かけただけのおなごを、未だに心に思うているというのか？」

「いけませぬか」

「いかんことはないが……」

素那は呆れ果てていたが、天午は満足げな笑みをたたえていた。


「ちょっと……ちょっと、綸太郎さん。起きて下さいな、綸太郎さん」

また、まどろんでいた綸太郎は、背中を叩かれて、ハッと目が覚めた。

そこに立っていたのは、幇間《ほうかん》の玉八だった。飴《あめ》玉を口にしながら、不愉快なことでもあったのだろうか、眉間に皺を寄せて立っている。

「どうした……何か用か……」

「用かじゃねえですよ。桃路姐さんが座敷に来ねえから、困ってんですよ。朝、この辺りに来たって聞いてたんですがね、置屋に戻ってもないし……何処へ行ったか知りやせんか？」

「さあな。さっき、仏像を持って雨ん中を帰って行ったが」

「雨？」

「ああ。さっきは物凄い雨だったやないか、雷もな」

「何を言ってるんです。雨なんか降っちゃいやせんよ。見て下さいな、この星空」

「星……？」

「月もありますよ、雨なんざ、この数日、降っていない。けど、深い秋空が心地よいじゃありやせんか」

綸太郎はぼんやりとまどろんでいる心地のまま、障子戸を開けて空を仰いだ。本当に満天の星が輝いている。

「たしかに……では、さっきのは……」

「若旦那、しっかりして下さいな。それより、桃路姐さんだ。早いとこ探して貰わないと、座敷に穴があいてしまう」

玉八は焦っていたが、綸太郎にはそれすら現実ではないような気がしてきた。

七

天平十九年――。

その年も嫁を貰わず、天午は老いた母と二人だけで、奈良山の人里離れた庵《いおり》で、世間から身を隠すように静かに暮らしていた。

静謐《せいひつ》の時だけが森を支配していた。

いや、まるで、時がない。森はいつもそうだった。都人がせわしげに時に追われて暮らしていても、天午の森には、時がひっそりとすべてのものを覆いつくして、生きているのか死んでいるのかすらも分からない。草花も不思議な時の中に潜んでいた。

その静かな時の流れが、その年の秋九月に、乱れはじめた。

三月には、光明皇后《こうみようこうごう》が天皇の病を平癒《へいゆ》するために、新薬師寺《しんやくしじ》を建立したばかりだが、いよいよ、盧舎那仏の鋳造に取りかかったのである。

初めは、天平十四年に遷都《せんと》した近江《おうみ》国の紫香楽宮に造営していたが、火事が頻繁《ひんぱん》に起きたために平城京《へいじようきよう》に都を戻し、大仏造立も大和国に移したのだった。

大仏建立は前例のない国家大事業だった。

聖武天皇の夢は、着実に実現していくのであった。

私事で始めた事であったが、国家事業に拡大するためには、それなりの大義名分《たいぎめいぶん》が必要であった。

その大義名分とは、

――仏教興隆によって、大和国、いや、日本全体の安泰《あんたい》と繁栄を祈願し、現世に極楽を作る。

という壮大な目的である。それを打ち立てることで、大勢の人々の支えも得ることができたのである。

疫病《えきびょう》や貧しさに喘《あえ》いでいた人々は、かすかな一条の光を、大仏建立に見た。だからこそ、あらゆる方策を講じて、その国家事業に汗水を流したのである。

十五年前に想像した以上に、大がかりな事業になった。

大仏建立における統括責任者は、国君麻呂《くにのきみまろ》で、施工《せこう》の監督指揮者は、佐伯今毛人《さえきのいまえみし》という正六位上の高級官僚であった。

今毛人は、人徳にすぐれ、仏法を心得ており、科学知識も豊富であった。

奈良、山金里《やまがねのさと》で、山を削り、基礎工事に入った頃、天午は、素那を始めとする十数名の役人と、長門国の山中を彷徨《ほうこう》していた。

天午は、たった一度だけ、蛇呂と来た道のことを、昨日のことのように、実に鮮《あざ》やかに思い出した。

——山の中というものは……変わっていない。

天午はそう心から感じていた。

たしかに、木の葉の色や落ち葉の形は変容している。しかし、山自体は十三年前と一切変わっていないのだ。

山野は何処も似たような景色だ。にもかかわらず、森の中はすべての道が違う。天午は今になって初めて、蛇呂が教えようとしたことがわかった気がして来た。

——樹の方から、導いてくれる。

そう言った蛇呂の言葉が、天午の中で、何度も何度も蘇る。

どれくらい歩いただろうか。それは父との思い出を探すことにも似ていた。

——見つけた。

あの樹も、この樹も、前に会ったことがある。よく覚えている。いや、樹の方から淡《あわ》い光を発して、天午に知らせてくれる。

もちろん、天午以外の者には感じることができない。

随行した役人たちは、行く先を不安がっているが、天午は胸の奥に、かつて味わったことのない熱いものがこみあげて来た。

――この思いはなんだ……？

宮ノ津で、たった一度会った娘――。その娘を思う気持ちと、どことなく似通っている。

人が人を思う気持ち、男が女に寄せる思い。それらと、人が樹に対する気持ちは、同じなのだろうか。

天午の気持ちは昂《たかぶ》っていた。

父が見つけた樹に、もう一度会いたい。その気持ちが、どんどん膨《ふく》らんでいく。そのたびに、無数にある樹海の中から、たった一度会っただけの樹が、天午の目に飛び込んで来るのである。

ひと月歩いただけで、蛇呂が選定した樹はすべて見つかった。

更に、何ヶ月かかけて、天午自身が見つけていた樹にも再会した。それらを見つけるたびに、随行した地元の樵と共に、天午は樹に斧《おの》を入れた。

斧の入れ方ひとつで、樹は生きもし、死にもする。天午の斧で伐採された樹は、やはり地元の大勢の住人の力で、山から運び出された。

運び方は、山の地形によって様々である。

天午は、効率のよい搬出《はんしゅつ》の仕方を、経験的に知っていた。斜面に小さな丸太で階段を作り、その上を滑降《かっこう》させる術だ。狭い場所でも急な坂でも、効率的に大木を運べた。

運び出した木は筏《いかだ》に組んで、瀬戸内海を航海し、淀川、宇治《うじ》川を遡って、木津川へ出て、奈良の北部に運ぶのである。

精錬《せいれん》した銅や錫《すず》、練金《ねりきん》を使っての大仏鋳造が進んでいた頃、大仏を覆う金堂建築の準備も着々と出来上がっていた。

大仏殿の他にも、堂や伽藍、塔《とう》を建てるための材木も必要である。

天午は、周防《すおう》国から畿内《きない》に戻ると、甲賀山、伊賀山、琵琶湖畔高島山《びわこはんたかしま》、または播磨《はりま》口《ぐち》と歩き回って、大木を伐り出した。

山で伐った木材は、山作所《やまつくりしょ》と呼ばれる場所で製材され、琵琶湖と瀬田川渓流《せたがわけいりゅう》を利用して、船で木津まで運ぶのである。

木津の港からは、山腹をならして木材運搬用のゆるやかな山道を作り、木橇《きぞり》や馬牛を使って、疵《きず》をつけず運んだという。とはいえ、所詮《しょせん》は人の力だけが頼りで、陸路を東大寺まで運ぶのである。大変な労力であった。

それ以降のことには、天午はほとんど関わらない。しかし、時折、自分が伐採した樹が、どのように利用されているか、こっそり見に行った。

だが、木工には木工の考えと技術があって、樹を料理している。天午の入り込む隙間はなかった。

木工の他に、仏工、画工、鋳工、銅工、土工、瓦工《かわら》など様々な職人が集まって、ひとつの大仏を造り上げていくのである。

大仏がいつ完成するか、天午には分からない。

ただ……大仏殿を作るために諸国の山から集められた樹は、同じ建物の柱や梁になる運命を背負っているように見えた。

その樹の一本一本は、生まれた時から、大仏殿の骨格になることが決まっていたかのように、集まって来た。天午にはそう思えた。

それら一本、一本を選び出したのは、天午であり、父の蛇呂である事実は誰にも否定できない。

天午は、今更ながら、父親の偉大さを身に染みて感じていた。

天平勝宝二年（七五〇）の夏に、大仏殿の礎石《そせき》が作られ、大仏殿の完成への工事が開始されて、天平勝宝四年には、大仏の開眼供養《かいげんくよう》会を迎えることができた。

平城京はかつてない賑《にぎ》わいであった。

鍍金《ときん》などの仕上げ作業はまだまだ続いていたが、盧舎那仏としての供養を受けるのである。日本で最初で最大の国家事業は、大仏建立の詔が出されてから九年目、聖武天皇が夢を抱いてから、二十四年を経て、完成したのであった。

国君麻呂、佐伯今毛人を始め、工事に関わった多数の人々は、香と献花の匂いがただよう仮本殿で、感涙にむせんだ。

はるばるインドから来日した菩提僧正《ぼだいそうじょう》が、開眼導師を務めた。

僧正の手によって、大仏の瞳が入れられるのだ。

直径四尺（約一・二メートル）もある大きな眼だ。

眼が入った瞬間、大仏殿の回りに集まっていた群衆から、大歓声が沸《わ》き起こった。

日本が世界に国力を示す大事業は、こうして完成へと進んでいった。

だが、天午は、その裏で実際に汗をかき、泥をかぶって働いていた数多くの人々をみつめていた。

人々の本当の願いは、大仏殿の建立により、この世に極楽浄土を築くことであった。誰もが平穏で幸せな人生を送りたいと願って、労力を惜しまなかったのである。

しかし皮肉にも、その大事業のお陰で、人々は前にも増して、重い税を課せられることとなった。

「国力を示すとか、仏の国を作るとかは、後で理由をつけたこと……本当は聖武天皇が、わが子を失った悲しみを癒《いや》したいと思った為に作ったんじゃないか……その事を、もう一度考えて欲しい……」

天午は心の中で、そう呟《つぶや》いていた。国家安泰も、一人一人の思いから、出づるものであろう。そうした人々の思いの結集が、この大仏であるのだ。

開眼供養の儀式が終わった後は、大仏殿は太古の昔のように静寂《せいじゃく》を取り戻した。

大仏殿の回りは、かがり火が焚《た》かれ、護衛が立ち並んでいるが、闇の中の大仏殿はその威容とは逆に、静かに優しく平城京を見下ろしていた。

風の音もなく、鳥の声もせず、静かに静かに夜は更《ふ》けていった……。

いや、聞こえる。声がである。

微かな泣くような、囁《ささや》くような声が天午の耳に聞けた。

「組んだ柱のどこかに、亀裂《きれつ》でもできたのかもしれません」

と天午は、素那に申し出て、数人の木工たちと共に、その夜のうちに大仏殿のあらゆる所を総点検した。

闇に浮かぶ大仏は、一層大きく見えた。

「何も聞こえんぞ」

素那は耳を澄まして言った。

他の木工たちも同様だと頷いた。

「いえ……たしかに、聞こえます」

天午が真顔で言うので、木工たちは、気が変になったのではないかと訝った。

金堂の中心の中心とでもいうべき、虹梁《こうりよう》が渡されてある。虹梁と反《そ》り木が、丁度、二人の人間が折り重なるように、大仏の頭上に架けられてあるのだ。

声は、その木の中から、聞こえていた。

「ばかなことを申すな。木が喋《しやべ》っているとでも言うのか？」

と素那は、天午を邪険《じやけん》にした。

「いえ。確かに……」

確かに聞こえると、天午は言おうとしたが、口をつぐんだ。

俄に、天午の脳裏に、父蛇呂と歩いた肥後の山里が思い出された。

自分の娘がいなくなって、樹になってしまった――と農夫が夢を見たという話だ。

天午は、梁になった二本の大木を見つめていると、一本は娘で、もう一本はそれを支える逞しい男に見えて来た。

「そうか……樹には、男と女の魂が宿ると聞いていたが……そうか、ここでやっと巡り合えたんだね」

恋しながらも、遠く離れて会うことのできない樹同士が、大仏殿という建物のお陰で、やっと結ばれることができたのだ。

この金堂はすべて、そうした魂が求めあった樹が、幾重《いくえ》にも絡んで出来上がったのだ。決して離れることのない樹同士がだ。

天午の樹探しは、その恋しい樹たちを結び付けることであったのかもしれない。いや、樹の思いが、天午を通して、樹同士を引き合わせていたのかもしれない。

強い魂の結びつきがあれば、きっと、金堂は永遠に崩れることはないであろう。樹の育った年数だけ、建物は持つという。それ以上の歳月が積み重なっても維持するであろうと、天午は思っていた。

「――何事もなくてよかった。気のせいだったようです」

と天午は言って、素那たちと共に、大仏殿を後にした。

魂と魂が呼びあえば、いつかきっと、巡り合うことができる。天午は、いつかは必ず、宮ノ津で出会った天女のような女に会えると思えてきた。

中門まで来て、天午は大仏殿を振り返った。そこには、大仏の台座だけが、見えた。

台座の陰に、一人の女の姿が浮かんだ。

だが、すぐに闇に溶け込んだ。

「いつかは逢える……」

天午は希望に溢れて歩き出した。


ふと立ち止まると、そこはいつも見ている袖摺坂で、右へ行けば蛍坂《ほたるざか》がある。

綸太郎は突き当たりの白壁に向かって行きながら、手にしている太刀をふいに振り上げた。自分がしているのではない。何処か磁力《じりよく》に引かれるように、すうっと近づいているのだ。

太刀はまさに吸いつくように、その白壁に突き立った。

とたん、漆喰《しっくい》がぼろぼろと崩れはじめ、その奥から、太い柱のような材木が露わになった。その材木には、亀裂のような割れ目があって、綸太郎が手にしているのと同じような刀剣が埋められてあった。

「なるほど……こういうことか……」

綸太郎は自分だけが納得したように、胸の中で笑っていると、

「やはり、ここだったんだねえ」

と桃路が壁の向こう側から、這《は》い上がるように登ってきた。

「なんだか、分からないけどさ……この仏像を手にしていたら、ここへ来ちまってね、ずっとしゃがみ込んでいたんだ。出るに出られなくなって」

「出るに出られない？」

「ここにいるけど、ここにいないような……ねえ、綸太郎さん、私たち、どっか変な所に来ちゃったんじゃないの？ 浮世《うきよ》じゃない、どこか……」

「うむ。俺が天午で、おまえがあの宮ノ津の娘か？」

「分からない……」

「だが、ひとつだけ分かったよ。この刀だ……あの重なり合った梁の中に埋められてあった守り刀、隠し刀なんだよ……源平の時代から、戦国の世……幾多の年月の中で灰燼《かいじん》になりながらも、この梁は巡り巡って合っていたのだ……それを守っていたのは、この二振りの太刀だったに違いない……ああ、無銘の日本の刀が、名もない樹木の霊が決して離れないように守っていたんだ」

「じゃ、私たちも……？」

「そうかもしれぬな。なあ、桃路……その金の仏は、源七郎が作ったものではないかもしれない……」

「え？」

「遠い遠い昔……誰かが、いや、おまえと俺がいつか再び会うために、大仏様に模《も》して作ったものかもしれぬ。そして、その大仏を、二振りの刀が守ってくれて、こうして今生《こんじょう》で会えたのやもしれぬぞ」

　綸太郎が切々と話すのを、桃路は不思議そうな顔で見つめ返していた。

　秋の宵《よい》がしんしんと深まってきた。

　さっきまで満天の星だったのだが、すべてが風で吹き飛ばされたように、沢山の流れ星が空を廻っているように見えた。綸太郎は自分の目がくらくらとなっているのかと錯覚するほどだった。

　その腕にしっかり摑まるように、桃路が寄り添った。

　遠くから、峰吉や玉八の声が聞こえる。

「若旦那ア！　太刀を持って来た僧侶をめっけましたぜえ！　ずっとずっと相方を探してたらしいでっせ！」

「桃路姐さん、どこいるんだい⁉　座敷はもういいから、帰って来て下せえよ」

　他にも色々な人が、耳障《ざわ》りなほど、ガチャガチャと喋っているような声がする。

　綸太郎と桃路は手を取り合ったまま、神楽坂の方を振り返ると、ふたりを探しているのか、松嶋屋の主人やら置屋のおかあさんらも一緒になって駆け回っている。

ふたりは手を振ったが、峰吉たちはまったく気がつかない様子で、あちこち声をかけながら走っていた。

「ここにいるのに、アホやなあ」

と綸太郎が呟くと、桃路も微笑み返して、

「ほんと、玉八もおっちょこちょいなんだから、ここにいるのに」

「ほんまになあ、ここにいるのになあ……」

さらに深く濃くなる秋の夜空の下で、綸太郎と桃路は、しっかりと手を握りしめたまま、いつまでも立ち尽くしていた。

写し絵

一〇〇字書評

切り取り線

購買動機（新聞、雑誌名を記入するか、あるいは○をつけてください）	
□（　　　　　　　　　　）の広告を見て	
□（　　　　　　　　　　）の書評を見て	
□ 知人のすすめで	□ タイトルに惹かれて
□ カバーがよかったから	□ 内容が面白そうだから
□ 好きな作家だから	□ 好きな分野の本だから

●最近、最も感銘を受けた作品名をお書きください

●あなたのお好きな作家名をお書きください

●その他、ご要望がありましたらお書きください

住所	〒				
氏名		職業		年齢	
Eメール	※携帯には配信できません		新刊情報等のメール配信を 希望する・しない		

あなたにお願い

この本の感想を、編集部までお寄せいただけたらありがたく存じます。今後の企画の参考にさせていただきます。Eメールでも結構です。

いただいた「一〇〇字書評」は、新聞・雑誌等に紹介させていただくことがあります。その場合はお礼として特製図書カードを差し上げます。

前ページの原稿用紙に書評をお書きの上、切り取り、左記までお送り下さい。宛先の住所は不要です。

なお、ご記入いただいたお名前、ご住所等は、書評紹介の事前了解、謝礼のお届けのためだけに利用し、そのほかの目的のために利用することはありません。またそのデータを六カ月を超えて保管することもありませんので、ご安心ください。

〒一〇一-八七〇一
祥伝社文庫編集長　加藤　淳
☎〇三（三二六五）二〇八〇
bunko@shodensha.co.jp

祥伝社文庫

上質のエンターテインメントを！　珠玉のエスプリを！

祥伝社文庫は創刊15周年を迎える2000年を機に、ここに新たな宣言をいたします。いつの世にも変わらない価値観、つまり「豊かな心」「深い知恵」「大きな楽しみ」に満ちた作品を厳選し、次代を拓く書下ろし作品を大胆に起用し、読者の皆様の心に響く文庫を目指します。どうぞご意見、ご希望を編集部までお寄せくださるよう、お願いいたします。

2000年1月1日　　祥伝社文庫編集部

写《うつ》し絵《え》　刀剣《とうけん》目利《めき》き　神楽坂咲花堂《かぐらざかさくはなどう》　時代小説

平成20年12月20日　初版第1刷発行

著　者　井《い》川《かわ》香《こう》四《し》郎《ろう》

発行者　深澤健一

発行所　祥《しょう》伝《でん》社《しゃ》
東京都千代田区神田神保町3-6-5
九段尚学ビル　〒101-8701
☎03(3265)2081(販売部)
☎03(3265)2080(編集部)
☎03(3265)3622(業務部)

印刷所　堀内印刷

製本所　明泉堂

造本には十分注意しておりますが、万一、落丁、乱丁などの不良品がありましたら、「業務部」あてにお送り下さい。送料小社負担にてお取り替えいたします。

Printed in Japan

ISBN978-4-396-33470-3　C0193

祥伝社のホームページ・http://www.shodensha.co.jp/

祥伝社文庫

井川香四郎 **秘する花** 刀剣目利き 神楽坂咲花堂

神楽坂の三日月で女の死。刀剣鑑定師・上条《かみじょう》綸太郎《りんたろう》の鋭い目が真贋を見抜く。綸太郎は女の死に疑念を抱く！

井川香四郎 **御赦免花**《ごしゃめんばな》 刀剣目利き 神楽坂咲花堂

神楽坂咲花堂に盗賊が入った。同夜、豪商も襲い主人や手代ら八名を惨殺。同一犯なのか？綸太郎は違和感を…。

井川香四郎 **百鬼の涙** 刀剣目利き 神楽坂咲花堂

大店の子が神隠しに遭う事件が続出するなか、妖怪図を飾ると子供が帰ってくるという噂が。いったいなぜ？

井川香四郎 **未練坂** 刀剣目利き 神楽坂咲花堂

剣を極めた老武士の奇妙な行動。上条綸太郎は、その行動に十五年前の悲劇の真相が隠されているのを知る。

井川香四郎 **恋芽吹き**《めぶき》 刀剣目利き 神楽坂咲花堂

咲花堂に持ち込まれた童女の絵。元の持主を探す綸太郎を尾行する浪人の影。やがてその侍が殺されて……

井川香四郎 **あわせ鏡** 刀剣目利き 神楽坂咲花堂

出会い頭に女とぶつかり、瀬戸黒の名器を割ってしまった咲花堂の番頭峰吉。それから不思議な因縁が…。

祥伝社文庫

井川香四郎
千年の桜 刀剣目利き 神楽坂咲花堂
前世の契りによって、秘かに想いあう娘と青年。しかしそこには身分の壁が…。見守る綸太郎が考えた策とは!?

井川香四郎
閻魔《えんま》の刀 刀剣目利き 神楽坂咲花堂
神楽坂閻魔堂が開帳され、悪人たちが次々と成敗されていく。綸太郎は妖刀と閻魔裁きの謎を見極める!

藤原緋沙子
恋椿 橋廻り同心・平七郎控
橋上に芽生える愛、終わる命…橋廻り同心平七郎と瓦版屋女主人おこうの人情味溢れる江戸橋づくし物語。

藤原緋沙子
火の華《はな》 橋廻り同心・平七郎控
橋上に情けあり。生き別れ、死に別れ、そして出会い。情をもって剣をふるう、橋づくし物語第二弾。

藤原緋沙子
雪舞い 橋廻り同心・平七郎控
一度はあきらめた恋の再燃。逢えぬ娘を近くで見守る父。――橋上に交差する人生模様。橋づくし物語第三弾。

藤原緋沙子
夕立《ゆだ》ち 橋廻り同心・平七郎控
雨の中、橋に佇む女の姿。橋を預かる、北町奉行所橋廻り同心・平七郎の人情裁き。好評シリーズ第四弾。

祥伝社文庫

風野真知雄 **勝小吉事件帖** 喧嘩御家人

勝海舟の父、最強にして最低の親ばか小吉が座敷牢から難事件をバッタバッタと解決する。

風野真知雄 **罰当《ばち》て侍** 最後の赤穂浪士 寺坂吉右衛門

赤穂浪士ただ一人の生き残り、寺坂吉右衛門。そんな彼の前に奇妙な事件が舞い込んだ。あの剣の冴えを再び…。

山本一力 **大川わたり**

「二十両をけえし終わるまでは、大川を渡るんじゃねえ…」博徒親分と約束した銀次。ところが…。

山本一力 **深川駕籠《かご》**

駕籠《かご》舁き・新太郎は飛脚《ひきゃく》、鳶《とび》といった三人の男と深川から高輪の往復で足の速さを競うことに—。

浦山明俊 **噺《はなし》家侍《かざむらい》** 円朝捕物咄

名人噺家・三遊亭円朝は父の代までは武士の家系、剣を持てばめっぽう強い。円朝捕物咄の幕が開く！

千野隆司 **首斬り浅右衛門人情控**

科人たちが死の間際に語る真実とは？人の哀しき業を知り抜く首斬り役・山田浅右衛門吉利が弔いの剣を振るう！

祥伝社文庫・黄金文庫　今月の新刊

篠田真由美　紅《べに》薔薇《ばら》伝綺《でんき》　龍の黙示録
中世イタリアの修道院で不可解な連続殺人が。隠された秘密とは？

天野頌子《しょうこ》　警視庁幽霊係
捜査現場は幽霊がいっぱい!? 気弱で霊感体質の刑事が大活躍

安達　瑶　悪漢《わる》刑事《デカ》、再び
ヤクザも怯える最強最悪の刑事 大好評の警察小説第二弾！

勝目　梓　みだらな素描
男と女の闇を照らす性愛小説 〝堕ちる〟のも、快楽なのか…？

佐伯泰英　宣告　密命・雪中行〈巻之二十〉
人気シリーズ遂に二十作目到達！ 金杉惣三郎の驚くべき決断とは!?

井川香四郎　写し絵　刀剣目利き　神楽坂咲花堂
心の真贋を見極める上条綸太郎が、偽の鑑定書に潜む謎を解く

岳　真也　千住はぐれ宿　湯屋守り源三郎捕物控
密命を受けた訳あり浪人と仲間たちの千住―日光旅騒動

吉田雄亮　紅《こう》燈《とう》川《がわ》　深川鞘番所
無法地帯深川に現わる凶賊 鉄心夢想流〝霞十文字〟が唸る！

木村友馨《ゆか》　御《お》赦《ゆる》し同心
北町一の熱血漢登場！ 熱い血潮がたぎる、新時代小説

中村澄子　1日1分レッスン！新TOEIC Test 英単語、これだけ　セカンド・ステージ
累計二十八万部！ カリスマ講師の単語本、第二弾

伊藤弘美　泣き虫だって社長になれた　夢をカタチにする方法
マイナスからの起業。それでも次々と夢を叶えた秘密に迫る

酒巻　久　キヤノンの仕事術　「執念」が人と仕事を動かす
〝キヤノンの成長の秘密〟詰まっています

「長谷部瞳は日経1年生！」編集部　日経1年生！NEXT　いまさら聞けない経済の基本
日本経済新聞が、もっとよくわかる。もっと面白くなる。